COLLECTION FOLIO

Marguerite Duras

La pluie d'été

Gallimard

Pour Hervé Sors

Les livres, le père les trouvait dans les trains de banlieue. Il les trouvait aussi séparés des poubelles, comme offerts, après les décès ou les déménagements. Une fois il avait trouvé *la Vie de Georges Pompidou*. Par deux fois il avait lu ce livre-là. Il y avait aussi des vieilles publications techniques ficelées en paquets près des poubelles ordinaires mais ça, il laissait. La mère aussi avait lu *la Vie de Georges Pompidou*. Cette *Vie* les avait également passionnés. Après celle-là ils avaient recherché des *Vies de Gens célèbres* — c'était le nom des collections — mais ils n'en avaient plus jamais trouvé d'aussi intéressante que celle de Georges Pompidou, du fait peut-être que le nom de ces gens en question leur était inconnu. Ils en avaient volé dans les rayons « Occasions » devant les librairies. C'était si peu cher les *Vies* que les libraires laissaient faire.

Le père et la mère avaient préféré le récit du déroulement de l'existence de Georges Pompidou à tous les romans. Ce n'était pas seulement en raison de sa célébrité que les parents s'étaient intéressés à cet homme-là, c'était au contraire à partir de la logique commune à toutes les vies que les auteurs de ce livre avaient raconté celle de Georges Pompidou, si éminent que cet homme ait été. Le père se retrouvait dans la vie de Georges Pompidou et la mère dans celle de sa femme. C'étaient des existences qui ne leur étaient pas étrangères et qui même n'étaient pas sans rapports avec la leur.

Sauf les enfants, disait la mère.

C'est vrai, disait le père, sauf les enfants.

C'était dans le récit de l'occupation du temps de la vie qu'ils trouvaient l'intérêt de la lecture des biographies et non dans celui des accidents singuliers qui en faisaient des destinées privilégiées ou calamiteuses. D'ailleurs, à vrai dire, même ces destinées-là, parfois, elles ressemblaient les unes aux autres. Avant ce livre, le père et la mère ne savaient pas à quel point leur existence ressemblait à d'autres existences.

Toutes les vies étaient pareilles disait la mère, sauf les enfants. Les enfants, on ne savait rien.

C'est vrai, disait le père, les enfants on sait rien.

Une fois qu'ils avaient commencé un livre, les parents le finissaient toujours, même s'il s'avérait très vite être ennuyeux et si sa lecture leur prenait des mois. Ainsi en était-il du livre d'Édouard Herriot, *La Forêt Normande,* qui ne parlait de personne, mais seulement du début jusqu'à la fin de la forêt normande.

10

Les parents, c'étaient des étrangers qui étaient arrivés à Vitry, depuis près de vingt ans, plus de vingt ans peut-être. Ils s'étaient connus là, mariés là, à Vitry. De cartes de séjour en cartes de séjour, ils étaient encore là à titre provisoire. Depuis, oui, très longtemps. Ils étaient des chômeurs, ces gens. Personne n'avait jamais voulu les employer, parce qu'ils connaissaient mal leurs propres origines et qu'ils n'avaient pas de spécialité. Eux, ils n'avaient jamais insisté. C'est à Vitry aussi que leurs enfants étaient nés, y compris l'aîné qui était mort. Grâce à ces enfants ils avaient été logés. Dès le deuxième on leur avait attribué une maison dont on avait arrêté la destruction, en attendant de les loger dans un H.L.M. Mais ce H.L.M. n'avait jamais été construit et ils étaient restés dans cette maison, deux pièces, chambre et cuisine, jusqu'à ce que — un enfant arrivant chaque année — la commune ait fait construire un dortoir en matériau léger séparé de la cuisine par un couloir. Dans ce couloir dormaient Jeanne et Ernesto, les aînés des sept enfants. Dans le dortoir les cinq autres. Le Secours catholique avait fait don de poêles à mazout en bon état.

Le problème de la scolarisation des enfants ne s'était jamais sérieusement posé ni aux employés de la mairie ni aux enfants ni aux parents. Une fois ceux-ci avaient bien demandé qu'un instituteur se déplace jusqu'à eux pour enseigner à leurs enfants mais on avait dit : quelle prétention et puis quoi

11

encore. Voilà, ça s'était passé comme ça. Dans tous les rapports de la mairie les concernant il était fait état de la mauvaise volonté de ces gens et de l'obstination étrange qu'ils mettaient à s'y tenir.

Ces gens lisaient donc des livres qu'ils trouvaient soit dans les trains soit aux étals des librairies d'occasion, soit près des poubelles. Ils avaient bien demandé d'avoir accès à la bibliothèque municipale de Vitry. Mais on avait dit : il ne manquerait plus que ça. Ils n'avaient pas insisté. Heureusement il y avait eu les trains de banlieue où trouver des livres et les poubelles. Le père et la mère avaient des cartes de transport gratuit à cause de leurs nombreux enfants et ils allaient souvent à Paris aller et retour. Ça, c'était surtout depuis cette lecture sur Georges Pompidou qui les avait tenus pendant un an.

Une fois il y avait eu une autre histoire de livre dans cette famille. Celle-là était arrivée chez les enfants au début du printemps.
À ce moment-là Ernesto devait avoir entre douze ans et vingt ans. De même qu'il ne savait pas lire, de même Ernesto ne savait pas son âge. Il savait seulement son nom.
La chose était arrivée dans le sous-sol d'une maison voisine, une sorte d'appentis que les gens laissaient toujours ouvert pour ces enfants-là et où ceux-ci allaient se réfugier chaque jour après le coucher du soleil ou dans l'après-midi lorsqu'il faisait froid ou qu'il pleuvait, en attendant le dîner. C'était

dans cet appentis, dans une galerie par où passaient des tuyaux de chauffage central, sous des gravats, que les plus petits des brothers avaient trouvé le livre. Ils l'avaient rapporté à Ernesto qui l'avait longuement regardé. C'était un livre très épais recouvert de cuir noir dont une partie avait été brûlée de part et d'autre de son épaisseur par on ne savait pas quel engin mais qui devait être d'une puissance terrifiante, genre chalumeau ou barre de fer rougie au feu. Le trou de la brûlure était parfaitement rond. Autour de lui le livre était resté comme avant d'être brûlé et on aurait dû arriver à lire cette partie des pages qui l'entourait. Les enfants avaient déjà vu des livres aux devantures des librairies et chez leurs parents mais ils n'avaient jamais vu de livre aussi cruellement traité que celui-ci. Les très jeunes brothers et sisters avaient pleuré.

Dans les jours qui avaient suivi la découverte du livre brûlé Ernesto était entré dans une phase de silence. Il était resté des après-midi entiers dans l'appentis, enfermé avec le livre brûlé.

Puis brusquement Ernesto avait dû se souvenir de l'arbre.

Il s'agissait d'un jardin qui se trouvait à l'angle de la rue Berlioz et d'une rue presque toujours déserte, la rue Camélinat, qui descendait en pente très raide jusqu'à la fosse de l'autoroute et le Port-à-l'Anglais de Vitry. Ce jardin était entouré d'une clôture grillagée étayée par des piquets de fer, tout ça très bien fait, aussi bien qu'on avait fait autour des autres jardins de la rue qui étaient à peu près de la même superficie que celui-ci et de la même forme.

Mais dans ce jardin-là il n'y avait aucune diversité, aucune plate-bande, aucune fleur, aucune plante, aucun massif. Il y avait seulement un arbre. Un seul. Le jardin c'était ça, cet arbre.

Les enfants n'avaient jamais vu d'autres arbres de cette espèce. À Vitry c'était le seul et peut-être même en France. Il aurait pu paraître ordinaire, on aurait pu ne pas le remarquer. Mais une fois qu'on l'avait vu il ne pouvait plus sortir de l'esprit. Sa taille était moyenne. Son tronc, aussi droit qu'un trait sur une page nue. Son feuillage en dôme aussi dense et beau qu'une belle chevelure au sortir de l'eau. Mais sous ce feuillage le jardin était un désert. Rien n'y poussait faute de lumière.

Cet arbre était sans âge, indifférent aux saisons, aux latitudes, dans une solitude sans recours. Sans doute n'était-il plus nommé dans les livres de ce pays ici. Peut-être ne l'était-il plus nulle part.

Plusieurs jours après la découverte du livre, Ernesto était allé voir l'arbre et il était resté auprès de lui, assis sur le talus opposé au grillage qui l'entourait. Ensuite, chaque jour il y était allé. Quelquefois il y restait longtemps, mais de même toujours seul. Il ne parlait jamais à personne, sauf à Jeanne, de ses visites à l'arbre. C'était le seul lieu, curieusement, où les brothers et les sisters ne venaient pas retrouver Ernesto.

L'arbre, après le livre brûlé, c'était peut-être ce qui

avait commencé à le rendre fou. C'est ce que pensaient les brothers et les sisters. Mais fou comment, ils pensaient que jamais ils ne le sauraient.

Un soir, les brothers et les sisters avaient demandé à Jeanne ce qu'elle en pensait, si elle avait une idée. Elle, elle pensait qu'Ernesto avait dû être frappé par la solitude de l'arbre et par celle du livre. Elle, elle croyait qu'Ernesto avait dû rassembler le martyre du livre et celui de la solitude de l'arbre dans une même destinée. Ernesto lui avait dit que c'était lorsqu'il avait découvert le livre brûlé qu'il s'était souvenu de l'arbre enfermé. Il avait pensé aux deux choses ensemble, à comment faire leur sort se toucher, se fondre et s'emmêler dans sa tête et dans son corps à lui, Ernesto, jusqu'à celui-ci aborder dans l'inconnu du tout de la vie.

Jeanne avait ajouté : Et à moi aussi il avait pensé Ernesto.

Mais les brothers et les sisters n'avaient rien compris à ce qu'avait dit Jeanne et ils s'étaient endormis. Jeanne ne s'en était pas aperçue et elle avait continué à parler de l'arbre et d'Ernesto.

Pour elle, Jeanne, depuis qu'Ernesto lui avait parlé de cette façon, le livre brûlé et l'arbre étaient devenus des choses d'Ernesto, qu'Ernesto avait trouvées, qu'il avait touchées avec ses mains, ses yeux, sa pensée et qui lui avaient été offertes à elle par Ernesto.

Ernesto était censé ne pas savoir encore lire à ce moment-là de sa vie et pourtant il disait qu'il avait lu quelque chose du livre brûlé. Comme ça, il disait, sans y penser et même sans le savoir qu'il le faisait, et puis qu'ensuite eh bien qu'ensuite, il ne s'était plus rien demandé ni s'il se trompait ni s'il lisait en vérité ou non ni même ce que ça pouvait bien être, lire, comme ça ou autrement. Au début il disait qu'il avait essayé de la façon suivante : il avait donné à tel dessin de mot, tout à fait arbitrairement, un premier sens. Puis au deuxième mot qui avait suivi, il avait donné un autre sens, mais en raison du premier sens supposé au premier mot, et cela jusqu'à ce que la phrase tout entière veuille dire quelque chose de sensé. Ainsi avait-il compris que la lecture c'était une espèce de déroulement continu dans son propre corps d'une histoire par soi inventée. C'était de cette façon qu'il avait cru comprendre que dans ce livre il s'agissait d'un roi qui avait régné dans un pays loin de la France, étranger lui aussi, il y avait très longtemps de cela. Il avait cru avoir lu non des histoires de rois mais celle d'un certain roi d'un certain pays à une certaine époque. Un peu de cette histoire seulement, à cause de la destruction du livre, juste ce qui avait trait à certains épisodes de la vie et des occupations de ce roi. Il l'avait dit à ses brothers et sisters. Mais ceux-là qui étaient jaloux du livre, ils avaient dit à Ernesto :

— Comment t'aurais pu lire ce livre, espèce de crétin, puisque tu sais pas ? Que lire t'as jamais su ?

Ernesto disait que c'était vrai, qu'il ne savait pas comment il avait pu lire sans savoir lire. Il était lui-même un peu troublé. Il l'avait également dit à ses brothers et sisters.

Alors, ensemble, ils avaient pris la décision de vérifier le dire d'Ernesto. Ernesto était allé voir le fils d'un voisin qui, lui, était allé à l'école, qui y allait encore et qui, lui, avait un âge déterminé, quatorze ans. Il lui avait demandé de lire la partie du livre que lui, Ernesto, avait cru avoir lue : Qu'est-ce que ça raconte, là, dans le haut du livre ?

Il était allé voir aussi un instituteur de Vitry qui, lui, avait des diplômes et un âge également déterminé, trente-huit ans. Et les deux avaient dit à peu près la même chose, que c'était l'histoire d'un roi. Juif, avait ajouté l'instituteur. C'était la seule différence entre les deux lectures. Ensuite Ernesto aurait bien voulu encore vérifier auprès de son père mais curieusement le père s'était défilé, il s'était débarrassé du problème, il avait dit qu'il fallait croire ce qu'avait dit l'instituteur. Après, l'instituteur était venu voir les parents pour leur dire d'envoyer Ernesto à l'école et sa sœur aussi, qu'ils n'avaient pas le droit de garder à la casa des enfants aussi intelligents et qui avaient une telle soif de connaissance.

Et les brothers et les sisters ? avait demandé Ernesto, qui c'est qui va s'occuper d'ça ?

Eh bien eux-mêmes, avait dit la mère.

La mère avait été d'accord avec l'instituteur, elle avait dit que ça tombait bien, que tous ces brothers et sisters devaient s'habituer à l'absence d'Ernesto, qu'un jour ou l'autre il aurait bien fallu qu'ils se passent d'Ernesto, que d'ailleurs un jour ou l'autre tous seraient séparés de tous et pour toujours. Que d'abord, entre eux, tôt ou tard il se produirait des séparations isolées. Et qu'ensuite, ce qui en resterait, à son tour se volatiliserait. Voilà, c'était la vie ça. Et qu'Ernesto de son côté, ils avaient oublié de le mettre à l'école, c'était si facile, des oublis de ce genre avec Ernesto, mais qu'il faudrait bien qu'un jour ou l'autre il s'arrache lui aussi à ses brothers and sisters. Que c'était la vie, ça, voilà, seulement la vie, rien d'autre que ça. Que quitter les parents ou aller à l'école c'était pareil.

Ernesto était donc allé à l'école municipale Blaise Pascal de Vitry-sur-Seine.

Tandis qu'il y était, les brothers et les sisters d'Ernesto avaient attendu son retour chaque soir, cachés dans un terrain communal, un ancien champ de luzerne recouvert de repousses où les gens jetaient les vieux jouets de leurs enfants, vieilles trotinettes, vieilles poussettes, vieux tricycles, vieux vélos et encore vieux vélos. Quand Ernesto revenait de l'école ou d'ailleurs, les brothers et les sisters le suivaient. Où qu'il aille, d'où qu'il vienne, même plus tard et même plus tard encore, lorsque Ernesto était sorti de sa phase de silence, ils avaient continué à le suivre. Quand Ernesto allait à l'appentis, ils y allaient aussi. Là ils attendaient ensemble le signal du dîner, le coup de sifflet du père. Et ils allaient avec lui à la casa. Sans lui, jamais les brothers et les sisters ne rejoignaient la casa.

L'enfermement d'Ernesto dans l'enceinte de l'école avait duré dix jours. Il s'était déroulé sans incident aucun.

Pendant dix jours Ernesto avait écouté l'instituteur avec une grande attention.

Il n'avait pas posé de questions.

Et puis dans la matinée du dixième jour après que sa scolarisation avait commencé, Ernesto était revenu à la casa.

C'est tôt dans la matinée. C'est dans la cuisine, la pièce principale de la maison. Il y a une longue table rectangulaire, des bancs et deux chaises. La mère c'est là qu'elle se tient. Cette femme assise et qui regarde entrer Ernesto c'est elle. Elle regarde et puis elle se remet à éplucher des pommes de terre.

Douceur.

La mère : T'es encore un peu en colère Ernestino.

Ernesto : Oui.

La mère : Pourquoi... tu sais pas. Comme d'habitude.

Silence.

Ernesto : Oui, je sais pas.

La mère attend longtemps et en silence qu'Ernesto parle. Ernesto, elle le connaît bien. Il est dans la colère intérieure. Il regarde le dehors, il oublie la mère. Et puis il revient à elle. Et ils se

19

regardent. Dit rien, lui. Elle, elle le laisse. Et lui, alors il parle.

Ernesto : Tu épluches des pommes de terre.

La mère : Oui.

Silence. Puis Ernesto crie.

Ernesto : Le monde, il est là, de tous les côtés, il y a des tas de choses, des événements de toutes catégories et toi t'es là à éplucher des pommes de terre du matin au soir tous les jours de l'année... Tu peux pas changer d'légume à la fin ?

La mère. Elle le regarde.

La mère : Tu s'rais à pleurer pour une chose pareille, t'es fou ou quoi, ce matin ?

Ernesto : Non.

Douceur revenue.

Long silence. La mère épluche. Ernesto la regarde.

La mère : T'es pas un peu en avance pour revenir de l'école Ernestino ?

La mère attend. Ernesto se tait. Silence.

La mère : Tu voulais peut-être me dire quelque chose Ernesto, non ?

Lent à répondre, Ernesto.

Ernesto : Non (temps). Si.

La mère : Ça peut arriver quelque chose à dire...

Ernesto : Ça peut, oui.

La mère : Je me disais aussi... tu vois...

Ernesto : Oui.

Silence.

La mère : Comme ça peut arriver aussi le contraire ?

Ernesto : Ça peut aussi, oui.

Silence.

La mère : C'est comme tu veux Ernesto.

Ernesto : Oui.

Silence.

La mère : C'est peut-être que c'que tu veux me dire tu peux pas me le dire...

Ernesto : C'est ça, je peux pas te l'dire...

Lenteur. Douceur.

La mère : Pourquoi donc ?

Ernesto : Ça te ferait du chagrin, alors je peux pas.

La mère : Et pourquoi ça me ferait du chagrin ?

Ernesto hésite.

Ernesto : Parce que. Et puis tu comprendrais pas ce que je te dis. Alors, du moment que tu comprendrais pas c'est pas la peine que je te le dis.

La mère : Mais alors, j'aurais pas de chagrin si je comprendrais pas.

Ernesto se tient muet devant sa mère.

La mère : Qu'est-ce que tu racontes aujourd'hui Vladimir ?

Ernesto : C'est pas ce que je te dirais qui te ferait le chagrin. Tu aurais le chagrin parce que tu comprendrais pas.

Silence. La mère regarde son fils.

La mère : Dis-moi quand même, Vladimir... dis-moi comment tu le dirais si c'était la peine que tu me l'dis...

Ernesto : Eh bien... je serais là ni plus ni moins que maintenant à te regarder éplucher les pommes de terre et puis tout à coup je te le dirais, voilà (temps). Après ce serait dit.

21

La mère attend. Silence.

Puis Ernesto crie.

Ernesto : 'Man, je te dirai, m'man... m'man, je retournerai pas à l'école parce que à l'école on m'apprend des choses que je sais pas. Après ce serait dit. Ça serait fait. Voilà.

La mère s'arrête d'éplucher. Silence.

La mère, répète lentement : Parce-que-à-l'école-on-m'apprend-des-choses-que-je-sais-pas...

Ernesto : Ouais.

La mère réfléchit. Puis elle regarde Ernesto. Puis elle sourit. Ernesto sourit pareil.

La mère : En voilà une bien bonne.

Ernesto : Ouais.

Ernesto se lève, va prendre un couteau dans un tiroir et revient à la table.

Long regard de la mère sur son enfant Ernesto.

Silence.

Puis les deux, tout à coup, ils rient... oh la la. Ils rient. Ils épluchent, ils rient.

Silence.

Ernesto : Tu comprends, ce que je t'ai dit, m'man.

Silence. La mère réfléchit.

La mère : C't-à-dire. Je peux pas dire comment je l'comprends... si c'est la bonne manière... mais quelque chose il m'semble que j'comprends quand même, oui.

Ernesto : Laisse tomber m'man...

La mère : Oui.

Silence.

La mère épluche de nouveau. De temps en temps elle regarde son enfant, Ernesto.

22

La mère : T'es mon combien Vladimir ?

Ernesto : J'suis ton premier après celui qui est mort. (Tendre.) Tous les jours tu m'désobliges avec cette question m'man. Faudrait que tu te le mettes une bonne fois dans la tête. J'suis le premier... (geste) $1 + 6 = 7$... C'est comme ce prénom que tu m'donnes, Vladimir, d'où c'est que ça sort, ça... ? De Vieille Russie ?

Silence. Répond pas, la mère.

Ernesto : T'as donc compris un peu ce que je te disais m'man ?

La mère : Quelque chose je vois... mais faut pas trop s'avancer quand même....

Ernesto : T'as raison, faut pas trop s'avancer...

Silence. Puis exaltation soudaine de la mère et d'Ernesto, leur amour l'un pour l'autre qui tout à coup éclate dans la joie.

La mère : C'est fou ce que le monde il est arriéré, des fois on sent combien... oh la la...

Ernesto : Oui, mais des fois, il l'est pas, arriéré... oh non, oh la la !

La mère, heureuse : C'est ça... des fois il est intelligent... oh la la...

Ernesto : Oh oui ! L'est à un point... il le sait même pas...

Silence. Ils épluchent. Ils sont calmés.

La mère : Dis donc Ernestino, vaudrait mieux que tu rejoignes tes frères et sœurs... ton père il va rentrer... vaudrait p't'être mieux que c'soit moi qui lui fait part de ta décision.

Ernesto : Mon père il me fera rien, il est brave, mon père, que c'en est incroyable...

La mère, dubitative : il est brave... il est brave... c'est vite dit ça... tu vas voir, il va t'dire : je t'comprends mon garçon, il aura l'air comme ça... tranquille, à plus rien chercher dans rien et puis tout à coup il t'cherche des poux mais alors à t'rendre fou.

Silence.

La mère, douceur : Va rejoindre tes brothers et tes sisters, Ernesto, vas-y... crois-moi...

Tout à coup une certaine méfiance traverse le regard d'Ernesto.

Ernesto : Au fait où c'est qu'ils sont mes brothers et sisters...

La mère : Où veux-tu qu'ils soient, à Prisu, tiens...

Ernesto, rit : Au bas des rayons, assis par terre à lire, à lire les alboums.

La mère : Ouais. (Elle ne rit pas.) On se demande quoi. Ils savent pas lire, alors... ? Ils lisent quoi j'te l'demande. Depuis que t'as lu ce livre sur le roi ils sont à Prisu à essayer d'lire aussi... Mais font semblant... oui... voilà la vérité.

Ernesto crie tout à coup.

Ernesto, il crie : V'la qu'ils font semblant maintenant mes brothers and sisters !... jamais... tu entends m'man... font jamais semblant de rien les petits, jamais...

La mère, elle crie : C'est la meilleure ça. Et quoi ils lisent, hein ? Savent pas lire ! alors... lisent quoi les gamins... ?

Les cris d'Ernesto et ceux de sa mère, les mêmes.

Ernesto, il crie : Lisent c'qu'ils veulent, tiens pardi !

La mère, elle crie : Mais ils lisent où à la fin des fins ? Où c'est qu'elle est la criture qu'ils lisent ?

Ernesto : Elle est dans l'livre, la criture, tiens !

La mère : Liraient dans les astres pour un peu alors !

Le rire revient comme une moquerie.

Ernesto, calmé : J'aime pas qu'on touche à mes brothers and sisters excuse-moi, m'man...

Ernesto se lève et sort.

La mère reste immobile. Elle cesse d'éplucher. Songeuse. Gaie aussi. Intriguée.

La mère ne faisait que des pommes de terre pour ses enfants. Sautées aux oignons c'était ce qu'ils préféraient. De temps en temps elle faisait des ragoûts de viande au paprika qui faisaient presque la semaine entière. D'autres fois elle faisait des riz-au-lait à la cannelle qui, eux, ne faisaient pas plus de deux jours. Parfois encore elle faisait des anguilles aux herbes. Elle disait qu'elle connaissait les grandes délaissées du fleuve de l'Escaut, que dans cette région marécageuse, les pêcheurs se nourrissaient d'anguilles aux herbes et de riz-au-lait à la cannelle. Pour les ragoûts au paprika elle ne savait plus de quel pays ça lui venait. Les enfants écoutaient, passionnés, d'où venait la mère. Par quels pays, quel inconnu, était passée la mère qu'ils avaient, avant de rejoindre ce pays-ci de Vitry où l'attendaient ses enfants. Jamais les enfants n'oubliaient ce que racontait la mère.

C'est dans la cuisine. Trois jours ont passé depuis la déclaration d'Ernesto. La mère n'a rien raconté à personne. Elle est là, seule, elle est assise à la table. Devant elle il y a les pommes de terre. Elle a un couteau à la main. Elle n'épluche pas les pommes de terre. Elle regarde la cour, loin, vers le fleuve, la ville neuve. Elle est belle, la mère. Blonde et rousse. Les yeux sont verts. Grands. Jeanne a les yeux de sa mère, les cheveux pareils. Moins grande, l'enfant. La mère se tait beaucoup. Elle regarde. Quand elle marche, quelque chose dans son corps traduit une fatigue qu'elle porterait en elle, celle des nombreuses maternités. Les seins sont sans doute plus lourds qu'ils ne devraient, ils sont plus bas que dans la jeunesse ils devaient être. Ça se voit, la beauté est là quand même, parce que rien n'a été fait par la mère pour remédier à cette fatigue des naissances qu'Emilio lui provoque chaque année. Aujourd'hui la mère a une robe rouge sombre qui vient de la mairie. Le service social de la mairie donne quelquefois des robes à la mère et il arrive que celles-ci soient très belles, presque neuves souvent, il donne aussi beaucoup de choses pour les enfants, beaucoup de lainages, de tee-shirt. De ce côté-là la mère est tranquille, sauf pour Emilio. La mairie ne veut rien donner pour la mère parce qu'il ne le mérite pas, ils disent. Quelquefois la mère lâche ses cheveux, aujourd'hui elle l'a fait, ses cheveux sont sur ses épaules, blond-roux, sur le rouge sombre de la robe.

La mère a oublié la langue de sa jeunesse. Elle parle sans accent comme les populations de Vitry. Elle se trompe seulement sur les conjugaisons. Il lui reste de son passé des consonances irrémédiables, des mots qu'elle paraît dérouler, très doux, des sortes de chants qui humectent l'intérieur de la voix, et qui font que les mots sortent de son corps sans qu'elle s'en aperçoive quelquefois, comme si elle était visitée par le souvenir d'une langue abandonnée.

Emilio entre. Elle ne l'a pas entendu. Elle est distraite, la mère, depuis les jours derniers.

Le père : Alors t'épluches des pommes de terre ou quoi ?

La mère : J'épluche.

Le père : Moi j'dis qu'non, t'épluches rien.

Silence.

Le père : C'est rapport à quoi que t'es dans cet état ?

La mère : Rapport à Ernesto. Il veut plus retourner à l'école. Il dit : Une fois ça suffit.

Silence.

Le père, marmonne : Ça alors... en v'la une autre. (Silence.) Remarque... moi je le comprends mon garçon, je le comprends bien, même...

La mère : Non.

Le père : Si. C'que je comprends moins c'est pourquoi il l'a exprimé. Il n'avait qu'à rien dire à mon avis. Il n'avait qu'à pas aller à l'école, sans l'annoncer. Pourquoi l'annoncer ?

La mère : Pourquoi pas l'annoncer, c'est pas déshonorant.

27

Silence.

Le père : Comment il t'a dit ça ? Raconte voir.

Silence.

La mère : Il a dit : je retournerai plus jamais à l'école parce que...

Le père : Parce que quoi ?

La mère : Parce que.

Le père : Parce que rien ?

La mère crie.

La mère : Ouais, voilà.

Le père se contient.

Le père : Attention Natacha... Je m'en vais m'énerver qu'ça va pas tarder...

La mère : J'cherche.

La mère lentement se souvient.

La mère : Il a dit : ... parce que à l'école... on m'apprend des choses que j'sais... Voilà... c'est à peu près ça.

Le père réfléchit.

Le père : C'est pas possible... t'as pas dû comprendre... C'est dingue ce que tu dis là... c'est pas possible.

La mère : Et pourquoi c'est pas possible ?

Le père : Parce qu'il sait rien Ernesto.

La mère : Et alors ?

Le père : Il peut pas s'plaindre d'apprendre puisqu'il sait rien, Ernesto. C'est pas Ernesto, ça.

La mère se souvient.

La mère : Ça doit être le contraire... Oui, oui... c'est le contraire.

Le père : Le contraire de quoi ?

28

La mère : Attends...

Silence. La mère cherche encore et trouve.

La mère : Il a dit : je retournerai plus jamais à l'école parce que à l'école on m'apprend des choses que je ne sais pas. Voilà c'est ça...

Le père : Ah bon... j'aime mieux ça... Là je l'retrouve un petit peu mon garçon.

Le père n'a rien compris. La mère le soupçonne de n'avoir rien compris.

La mère : Tu es sûr Emilio... ?

Le père : Non... mais...

La mère : T'as jamais eu beaucoup... d'affinités avec Ernesto, Emilio.

Le père : Si... si... il le sait pas, mais au contraire...

Silence.

Le père : Toi, qu'est-ce que tu penses ?

La mère : Moi... je trouve qu'il y a rien à comprendre en direct là-d'dans. Mais, en même temps, c'est bien curieux Emilio... Depuis qu'Ernesto a dit sa phrase, c'est comme si j'l'entendais tout le temps, cette phrase... comme si... si on le voudrait vraiment, qu'elle ait un sens, eh bien à la fin... elle en aurait un...

Le père : Un sens de mauvaise volonté alors...

La mère : Pas forcément... pas forcément, Emilio.

Le père : C'est depuis qu'il a dit ça Ernesto qu'tu crois ça, tu veux dire Natacha.

La mère : D'puis lors, oui.

Silence.

Le père : C'est donc ça qu'il couvait ton p'tit Ernesto. À être si différent des autres, à force, fallait bien qu'ça finisse par se concrétiser.

La mère est ahurie par le vocabulaire de son mari.

La mère : Si différent des autres... Je vois pas...

Le père : Comment tu vois pas... ?

La mère : J'en remarque aucun en particulier... Peut-être c'est l'amour maternel...

Le père : Oui.

Silence.

Le père : Alors t'aurais pas remarqué qu'il était différent des autres, Ernesto ?

La mère : Faut pas exagérer... Je suis pas d'accord... C'est plutôt le contraire... On pourrait dire : pareil aux autres, mais alors à un point...

Le père : Tu comprends rien alors ?

La mère : Peut-être qu'il mange un peu moins que les autres, c'est ça, non ? Pour la taille alors... ? C'est ça ? Si c'est pas la taille, qu'est-ce que c'est ? Tu l'as vu ton fils ? T'as vu comment il est ? Immense ! douze ans ! Personne le croirait et avec ça, l'air d'un évêque.

Le père : Cherche encore Natacha... T'as rien remarqué d'autre ? Rien ?

La mère : Ah si... si... Il dit rien, Ernesto. Rien. Voilà...

Le père : Voilà... Puis quand il parle voilà c'que ça donne. C'est pas « passe-moi l'sel ». C'est des choses que personne avait dites avant lui, personne, fallait l'trouver ça, et c'est pas tout le monde...

Les brothers et les sisters d'Ernesto ressemblaient tous à Ernesto. À la mère et à Ernesto. Quand ils étaient très petits ils ressemblaient au père. Puis pendant deux ou trois ans ils ressemblaient à rien. Puis voilà que tout à coup ils ressemblaient à la mère et à Ernesto. Mais il y en avait une qui ressemblait à personne encore, c'était Jeanne. Elle avait entre onze et dix-sept ans. La mère disait que s'il y en avait une qui était belle et qui était indifférente à sa beauté c'était bien celle-là, Jeanne.

La mère croyait que ce que Jeanne prenait pour sa croyance en Dieu participait de ce sentiment qu'elle avait pour son frère Ernesto. La mère était plutôt heureuse qu'il en soit ainsi entre eux. Rien de mauvais, rien de mal ne pouvait venir de ce côté-là de sa vie. Ainsi la mère était-elle aveugle sur elle-même : elle ne voyait pas qu'elle avait été faite à l'image de ses deux enfants-là.

Quand Jeanne était petite, tellement elle regardait le feu, tellement le feu la fascinait que la mère l'avait montrée à la consultation municipale. On avait analysé son sang. C'était dans le sang qu'on avait vu que Jeanne était une incendiaire. Mais qu'à part cet amour du feu, ce léger excès, c'était une très belle fille, vigoureuse et tout, regardez-la avait dit la mère aux brothers and sisters, elle leur avait expliqué que la seule chose à éviter c'était de la laisser seule avec le feu parce que cet excès qu'elle avait en elle, elle

31

ne ressentait pas qu'elle le portait, comme sa beauté, son rire. Alors elle pouvait l'oublier et perdre la tête à trop regarder le feu. Et cela jusqu'à allumer des incendies dans sa propre maison, avait-on dit. Voilà, avait raconté la mère, c'était tout. Les brothers and sisters avaient été à la fois émerveillés et intimidés à l'idée qu'il y ait eu dans leur sœur adorée une attirance aussi forte pour une chose telle que le feu. Jeanne avait elle-même rougi de plaisir d'être l'objet de tant d'intérêt de la part de ses brothers and sisters.

L'amour d'Ernesto et celui du feu chez la petite fille, la mère les avait réunis dans une même peur. Ainsi, à ses yeux, Jeanne se trouvait-elle vivre au cœur d'une région dangereuse et inconnue de tous y compris d'elle, la mère, et dont elle pressentait que jamais elle n'y aborderait. Inconnue d'elle, la mère ? se demandait-elle. En était-elle sûre ? Oui, la mère était sûre que jamais elle n'aborderait là, dans cette région silencieuse, cette sorte d'intelligence qui habitait Jeanne et Ernesto.

C'était Jeanne qui avait demandé à Ernesto de raconter comment il avait quitté l'école, ce qui s'était passé. Elle-même était à l'école depuis trois jours et sans apercevoir très clairement ce qu'elle pourrait y faire sauf, un jour, partir.

Elle avait dit à Ernesto qu'elle croyait qu'il devait parler à la famille tout entière, aux tout petits brothers and sisters comme à leur géante de mère, de comment il avait quitté l'école.

Plusieurs fois, Ernesto avait refusé. Alors Jeanne l'avait supplié. Et une fois elle l'avait embrassé en pleurant, elle lui avait dit qu'il ne les aimait plus. Pour la première fois Ernesto avait eu contre son visage le visage de Jeanne, son odeur marine de fleur et de sel.

Les bras d'Ernesto s'étaient refermés sur le corps de Jeanne. Ils étaient restés ainsi, silencieux et les yeux baissés, cachés à eux-mêmes comme les amants de la nuit récente.

Un long moment était passé pendant lequel une connaissance silencieuse les avait envahis, inoubliable désormais.

Ils s'étaient séparés sans se regarder.

Jeanne n'avait plus demandé à Ernesto de raconter à la famille sa sortie de l'école.

Et c'est le soir même de ce jour-là, après le dîner, qu'Ernesto avait raconté l'histoire de comment on quitte l'école.

Ernesto est debout du côté du perron dans l'ombre claire du cerisier. Sur les bancs autour de la table, il y a les brothers et les sisters. La mère est à sa place habituelle. Emilio lui fait face. Derrière Ernesto, il y a Jeanne, elle est couchée derrière son frère, sur le sol, face au mur.

Ernesto raconte comment c'était, comment il a quitté l'école, comme cela s'était fait — sans qu'il l'ait véritablement voulu semblait-il.

Ernesto parle très lentement, son discours est apparemment très clair. On dirait qu'il s'adresse à quelqu'un d'absent ou qui n'entend pas très bien. Peut-être aujourd'hui parle-t-il pour elle, cette jeune sœur couchée le long du mur et qui paraît dormir.

Ce jour-là, dit Ernesto, j'ai attendu toute la matinée dans la classe.
Je savais pas pourquoi.

Une fois ça a été la récréation.
On aurait dit qu'elle était très loin.

Je me suis retrouvé seul.

J'entendais les cris, les bruits de la récréation.
Je crois que j'ai eu peur.
Je ne sais pas de quoi. Peur.

Et puis ça s'est passé.

J'ai attendu encore.
Il fallait que j'attende encore, je savais pas pourquoi.

Une autre fois ça a été le réfectoire.
J'entendais le bruit des assiettes, des voix.
C'était agréable. J'ai oublié que je devais me sauver.

C'est après le réfectoire que c'est arrivé. Je n'ai plus rien entendu tout à coup.

C'est là que c'est arrivé.
Je me suis levé.
J'avais peur de ne pas y arriver. À me lever et puis à sortir de là où j'étais.

J'y suis arrivé.

Je suis sorti de la classe.

Dans la cour j'ai vu les autres revenir du réfectoire.

J'ai marché très lentement.

Et puis je me suis retrouvé au dehors de l'école.
Sur une route.

La peur avait disparu.
Je n'ai plus eu peur.

Je me suis assis sous les arbres près du château d'eau.
Et j ai attendu. Un long ou un petit moment, je ne sais pas.

Je crois que j'ai dormi.

Silence. Ernesto ferme les yeux et se souvient.

C'est comme s'il y avait mille ans.

Silence.
Ernesto oublie, dirait-on.
Et puis il se souvient.

Ernesto : J'ai compris quelque chose que j'ai du mal à dire encore... Je suis encore trop petit pour le dire convenablement. Quelque chose comme la création de l'univers. Je me suis retrouvé cloué : tout d'un coup j'ai eu devant moi la création de l'univers...
Silence.
Le père : Dis Ernesto, tu vas pas chercher un peu loin...
Silence.
La mère : Et t'aurais à dire là-dessus, Ernesto ?
Ernesto : J'aurais à dire pas beaucoup.
Silence.
Ernesto : Écoutez... ça a dû se faire en une seule fois. Une nuit. Le matin, tout était en place. Toutes les forêts, les montagnes, les petits lapins, toutes les choses. Une seule nuit. Ça s'est créé tout seul. En une seule nuit. Le compte y était. Tout était exact. Sauf une chose. Une seule.
La mère : Si elle manquait au départ, cette chose-là, on peut pas savoir qu'elle manquait à l'arrivée... ?

Ernesto se tait. Puis reprend.

Ernesto : C'était pas quelque chose à voir. C'était quelque chose qu'on savait.

Silence.

Ernesto : Cette chose-là on croit qu'on devrait pouvoir dire ce que c'était... en même temps on sait que c'est impossible à dire... C'est personnel... on croit que soi on pourrait... on devrait y arriver... et puis non...

La mère tout à coup est joyeuse, elle rit.

La mère : Moi je sais ce qui manquait, c'était le vent.

Le père : Non, il y était aussi. C'est tout de suite ça, le vent, tu vas pas commencer Ginetta...

Ernesto : C'est-à-dire. C'est presque impossible à dire correctement : tout était là et c'était pas la peine. Du tout. Du tout. Du tout.

Silence.

Le père : Les choses petites elles étaient là aussi...

Ernesto : Oui. Les toutes petites choses et les petites choses invisibles de toutes sortes, les petites particules, elles étaient dans l'compte. Il n'y avait pas un seul petit caillou qui manquait, pas un seul petit enfant qui manquait et c'était pas la peine. Pas une feuille d'arbre qui manquait. Et c'était pas la peine.

Silence.

Le père : Tu dis : c'était pas la peine.

Ernesto : Pas la peine.

La mère : On en entendrait pendant des heures de ton histoire.

Silence.

Ernesto : Les continents, les gouvernements, les océans, les fleuves, les éléphants, les bateaux, pas la peine.

La sœur : La musique.

Léger retard d'Ernesto à répondre.

Ernesto : Pas la peine.

Le père : Comment ça s'explique, ça, que c'était pas la peine, ça échappe un peu.

Ernesto : Ça s'explique pas. Le dire, c'est pas la peine non plus.

La mère : L'école non plus c'est pas la peine ?

Ernesto : Pas la peine. Vous le savez mieux qu'tout l'monde.

Silence.

Ernesto : Pour qui ç'aurait été la peine, la vie ? L'école pour qui ? Pour faire quoi ? Alors c'est pas la peine pour le reste.

Silence. La mère se met en colère.

La mère : Qui l'aurait dit, ça, que c'aurait pas été la peine ?

Ernesto : Personne.

La mère : Ah, ça ne va pas ça, pas du tout... du tout...

Le père : Tu ne vas pas recommencer Natacha ?

La mère : C'est en relation, l'école et l'univers... non ?

Ernesto : Très étroite.

La mère : C'est curieux, je comprends un peu...

Ernesto : Tu as jamais cessé de comprendre, c'est toi la plus géniale de l'univers...

Le père : N'empêche Ernesto... N'empêche...

La mère : C'est vrai, n'empêche... Il a raison ton père.

Le père : L'instituteur, faut y aller quand même.

Ernesto, ne répond pas à la demande : Chers parents...

La mère : Elle résonne drôlement cette expression « chers parents », dans cette maison...

Le père : J'trouve aussi.

Sourires. Bonheur.

La mère, très gentille : N'empêche. Moi, je ne veux pas aller à la prison.

Le père, énergique, il crie.

Le père, à Ernesto : Combien de fois il faut te le répéter ? C'est puni le manque à l'école. Ça commence par les parents, ils vont à la prison et puis ça finit par l'enfant, il va à la prison lui aussi. Alors, à la fin des fins, ils sont tous à la prison. Et puis en cas de guerre, ils sont exécutés. Voilà.

Ça commence par un fou rire d'Ernesto, léger et doux.

La mère : Tu te trompes de loi Emilio, c'est pas possible ce que tu racontes là...

Ernesto : N'avez qu'à dire que j'ai la grippe, varicelle sur varicelle, scarlatine et compagnie, des choses comme ça...

La mère : Il n'y croit pas l'instituteur aux maladies physiques... oh la la... Puis y a longtemps qu'c'est terminé ce genre d'maladies-là...

Le père : Et puis, ça commence à s'savoir... ta phrase... Elle a déjà fait le tour du quartier. C'est la rigolade générale ici, si tu crois que c'est agréable pour nous...

Rire d'Ernesto et puis silence.

Ernesto, très tendre : Moi, faut que j'aille chercher mes brothers et mes sisters au Prisu.

La mère : En ce moment en sont aux livres sur la destruction de la planète, hein ? oh la la...

Rire de la mère à l'idée des enfants qui lisent ça.

Ernesto rit. Jeanne rit de même.

Ernesto, continue : C'est qu'éclatements, bombardements, etc. Ah la la... Ça y va... moi j'y lis aussi là-dedans. Ah la, la ! Sont là, les petits, en bas des rayons, oh la la... les vendeurs ils leur passent des alboums, sont sages alors faut voir...

Rire des parents.

Ernesto : On a eu une bonne éducation, alors on s'lit des livres. Le dernier, c'était Tintin au Prisu. Ça racontait... que Tintin il lisait... et où ? au Prisu.

Rire général.

La mère : Eh bien dis donc... ils se foulent pas les écrivains pour trouver les sujets... Ah la la...

Et puis voilà le père, repris par l'énergie, hurlant.

Le père : En tout cas, on ne peut plus l'éviter, il faut aller voir Monsieur l'Instituteur et lui expliquer. Faut pas jouer avec les vieux trucs, grippes et varicelles et tout l'bazar. Faut dire la vérité. Il faut faire part à Monsieur l'Instituteur du désir de notre fils Ernesto de plus aller à l'école, voilà.

La mère : Coups de pied au cul et compagnie, voilà ce qu'il répondra Monsieur ton Instituteur !

Le père : C'est pas obligé... Il peut dire aussi qu'il comprend la décision d'Ernesto, qu'il en tiendra compte, etc. En tout cas, il faut y aller : du moment qu'ils nous emmerdent pour qu'on les envoie à l'école, faut les emmerder quand ils n'y vont pas, c'est la politesse ça.

La ville blanche descendait par paliers sur les flancs des coteaux jusqu'à cette autoroute épouvantable qui bordait le fleuve. Après l'autoroute, avant le fleuve, il y avait la nouvelle ville de Vitry qui n'avait rien à voir avec Vitry-ici. Vitry-ici c'était des petites maisons. Et la ville neuve ce n'était que buildings. Mais les enfants, ce qu'ils savaient surtout c'était qu'en bas de leur ville il y avait l'autoroute et aussi les trains. Qu'après les trains il y avait le fleuve. Que les trains longeaient le fleuve et que l'autoroute longeait le chemin des trains. Et que comme ça, s'il y avait eu une inondation, l'autoroute aurait fait un fleuve de plus.

Les trains, disait Ernesto, ils passaient à quatre cents à l'heure. Avec l'écho du creux de l'autoroute, le bruit était terrible, le cœur en était écrabouillé et la tête ne pensait plus.

C'était vrai. On aurait dit que l'autoroute était le lit du fleuve. Le fleuve c'était la Seine. L'autoroute était plus basse que la Seine. C'est pour ça que le rêve des enfants de la voir inondée, même une seule fois, n'était pas sans fondement. Mais ça ne s'était jamais produit.

Elle était en ciment, cette autoroute, et le ciment maintenant était recouvert de mousse noire. Il avait

41

craqué en beaucoup d'endroits, ça faisait des trous très profonds et dans ces trous, de l'herbe et des plantes repoussaient encore avec un acharnement dégoûtant. Mais après vingt ans elles étaient devenues de l'herbe et des plantes de ciment, noires et suintantes.

Que cette autoroute ait été désaffectée c'était vrai et pas vrai parce que de temps en temps des autos passaient. Parfois il y avait des autos neuves qui filaient comme des bolides dans le vent. Parfois c'étaient de vieux camions qui passaient bien tranquilles dans un raffut incroyable, tellement habitués, que les chauffeurs ils dormaient.

Les enfants de cette famille, chaque jour, ils allaient. Ils regardaient. Ils marchaient. Ils couraient dans les rues, sur les routes, dans les sentiers de la colline, dans le centre commercial, les jardins, les maisons vides. Ils couraient beaucoup. Bien sûr ils couraient moins vite que les grands. Et les grands avaient toujours peur de les perdre. Alors ils commençaient par courir avec eux et puis ils revenaient vers eux en les contournant. Alors les petits croyaient qu'ils avaient dépassé leurs aînés et ils jubilaient.

Les petits brothers and sisters avaient toujours empoisonné la vie d'Ernesto et de Jeanne, leurs aînés, mais ceux-ci ne le savaient pas. Dès qu'ils ne voyaient plus les aînés les brothers et sisters tombaient dans l'épouvante. Ils ne pouvaient pas les voir s'éloigner ou disparaître au coin d'une rue sans hurler de terreur comme si eux, les petits, étaient seuls à savoir encore ce qui leur arriverait si un jour leurs aînés venaient à leur manquer et que ces aînés, déjà, l'ignoraient. Pour les brothers et sisters, les aînés étaient la barrière entre eux et le danger. Mais jamais ils ne parlaient de ça, ni les grands ni les petits. C'est pourquoi les aînés ne savaient pas à quel point ils aimaient leurs brothers and sisters. Parce que si eux, les aînés, commençaient à moins bien les supporter c'est qu'ils cessaient eux-mêmes d'être inséparables des brothers et des sisters et qu'ils ne formaient plus à eux tous un corps unique, une grande machine à manger et à dormir, à crier, à courir, à pleurer, à aimer, et qu'ils étaient moins sûrs de se garder hors de la mort.

Le secret qui leur était commun c'était que pour eux, les choses n'allaient pas de soi comme pour les autres enfants. Ainsi, eux, ils savaient qu'ils étaient chacun à part et tous ensemble, la calamité de leurs parents. Les aînés ne leur parlaient jamais plus de ça, jamais, ni les parents d'ailleurs, mais ils le savaient tous, les tout petits comme les plus grands. Jamais les aînés ne laissaient les petits brothers and sisters avec les parents lorsque ceux-ci les envoyaient faire les courses. Surtout les tout-derniers, jamais. Ils préféraient les trimbaler avec eux dans les vieilles poussettes ou leur faire faire des siestes dans les fourrés. Ce qu'ils craignaient le plus au monde c'était ça, de les laisser à la mère et qu'elle, elle les emmène à

43

l'Assistance Publique, et qu'elle signe ce fameux papier de la Vente des Enfants. Après, pour les reprendre c'était fini. Impossible, même elle, personne pouvait.

Quand les petits atteignaient la force de se sauver, de courir plus vite que le père, les grands n'avaient plus peur pour eux parce que pour les rattraper, il aurait fallu qu'ils se lèvent de plus bonne heure les parents, autant essayer d'attraper des poissons dans un torrent. Cinq ans c'était l'âge.

Ernesto et Jeanne savaient que la mère avait en elle des désirs comme ça, d'abandonner. D'abandonner les enfants qu'elle avait faits. De quitter les hommes qu'elle avait aimés. De partir des pays qu'elle habitait. De laisser. De s'en aller. De se perdre. Et qu'elle, elle ne le savait pas, ils le savaient aussi. Du moins c'était ce que les enfants croyaient. C'était surtout Ernesto et Jeanne qui croyaient le savoir comme à sa place, mieux qu'elle-même.

Personne, ni dans son entourage ni dans Vitry, ne savait d'où venait la mère, de quel côté de l'Europe, ni de quelle race elle était. Il n'y avait qu'Emilio qui savait quelque chose là-dessus, et encore, ce qu'il savait surtout c'est ce que la mère ignorait de sa propre vie. Ce que tout le monde croyait, c'est que la mère avait dû vivre une autre vie avant, avant Vitry. Avant d'arriver là, en France, dans cette ville de collines.

Elle disait rien, la mère, voilà, c'était simple, rien, sur rien, jamais. Elle était remarquablement propre

44

la mère, autant qu'une jeune fille, lavée chaque jour, mais elle ne disait rien. Son intelligence était considérable mais elle n'avait encore jamais dû servir, du tout, ni dans le bien, ni dans le mal. Peut-être était-elle encore endormie la mère, dans une sorte de nuit, ça c'était possible aussi.

Pourtant la mère se mettait quelquefois à raconter. C'était toujours inattendu ce qu'elle racontait. Ça s'était passé loin. Ça avait l'air de rien. Et pourtant ça se retenait pour toujours. Les mots autant que l'histoire. La voix autant que les mots. C'était ainsi qu'une fois, en pleine nuit, au retour des cafés du centre-ville, la mère avait raconté à Jeanne et à Ernesto l'histoire d'une conversation. C'était, disait-elle, le souvenir le plus clair de sa vie, lumineux, et auquel elle pensait encore maintenant, celui de cette conversation qu'elle avait entendue par hasard dans un train de nuit qui traversait la Sibérie Centrale, il y avait maintenant longtemps, elle avait dix-sept ans.

C'était deux hommes comme on en voit partout, d'un aspect ordinaire. Ils ne se connaissaient pas avant ce voyage, c'était évident, de même qu'ils ne se reverraient sans doute plus jamais de leur vie. Ils avaient découvert d'abord combien leurs villages étaient éloignés l'un de l'autre. Et puis le plus jeune avait commencé à parler de son travail d'Agent Public, et puis des choses de son existence présente, il avait aussi parlé de la nuit, du froid et de la beauté de l'Arctique. La conversation s'était ralentie tout à coup. L'homme jeune ne savait pas raconter ça, le bonheur qu'il vivait avec sa femme et ses deux enfants. L'homme moins jeune avait à son tour parlé de lui, il était lui aussi Agent Public comme presque tous les habitants de la plaine sibérienne, lui aussi avait parlé de la nuit continue de l'Arctique et du froid. Lui aussi avait des enfants. Et lui aussi avec timidité, comme si ces sujets n'étaient pas sérieux, il avait parlé du silence de la nuit polaire, de cette conjonction du silence et du froid. Moins soixante pendant trois mois de nuit. Le plus jeune avait parlé de l'étrange bonheur des enfants dans ce pays de traîneaux et de chiens.

C'était surtout la façon dont ils racontaient les choses qui avait été décisive pour la mère. Ils parlaient à voix basse de crainte de gêner les voyageurs, ils n'avaient pas remarqué que ceux-ci les écoutaient avec passion.

Pendant des années la mère s'était souvenue du nom des villages. Maintenant elle les avait oubliés. Elle se souvenait de la couleur bleue du lac Baïkal dans l'immensité de neige.

Après ce voyage, la mère disait qu'elle était allée se renseigner sur le réseau des trains en Sibérie. Cela, pour une fois, peut-être, on ne savait jamais, y aller voir. Voir, elle disait. La femme de l'homme jeune, sa maison, les hectares de neige et de pierre autour, les bêtes enfermées dans les étables pendant des mois et cette odeur de la nuit arrêtée dans l'hiver.

À Vitry la mère ne voulait avoir des obligations de conversation ni avec les gens de Vitry, ni avec ceux de sa famille. Sauf avec Ernesto, elle désirait rester une étrangère aux yeux de son entourage, même avec Emilio qu'elle aimait toujours.

Sauf Ernesto.

Il n'y avait d'inoubliable dans la vie de la mère que ces trains de nuit qui charriaient un bonheur inexprimable, et cet enfant, Ernesto.

Ernesto était le seul enfant de la mère qui s'intéressait à Dieu. Jamais Ernesto n'avait prononcé le mot Dieu, et c'est à travers cette omission que la mère avait deviné quelque chose comme ça, Dieu. Dieu, pour Ernesto, c'était le désespoir toujours présent quand il regardait ses brothers et ses sisters, la mère et le père, le printemps ou Jeanne ou rien. La mère avait décelé le désespoir chez Ernesto sans le chercher pour ainsi dire, en le découvrant devant elle un soir, alors qu'il la regardait de ce regard toujours déchiré, quelquefois vide. Ce soir-là, la mère avait su que le silence d'Ernesto, c'était à la fois Dieu et pas Dieu, la passion de vivre et celle de mourir.

Au réveil, quelquefois, la mère trouvait cet enfant couché au pied de son lit. Alors elle savait que dans la nuit il y avait eu de l'orage au-dessus de Vitry et un vent très fort et que les éboulements du ciel avaient fait un bruit terrible. À chaque orage, Ernesto consignait les choses détruites par Dieu au cours de la nuit. Un quartier, une route, un immeuble : pierre par pierre Vitry serait détruit. Ernesto tremblait. Une fois il lui avait dit qu'il avait entendu les éboulements du ciel sur la vieille autoroute interdite aux enfants. Juré, il avait dit, c'était par là.

Autrement, hiver comme été la mère chassait ses enfants de la cuisine en dehors des heures de repas. Plusieurs fois il y avait eu des plaintes dans la commune : des nouveaux arrivants à Vitry, qui s'indignaient qu'on puisse traiter des enfants comme elle traitait les siens. Dehors toute la journée et pas d'école. Mais ces plaintes n'avaient jamais été retenues contre la mère. Elle disait : vous voulez que je les mette à l'Assistance Publique, c'est ça ? Les gens s'excusaient et repartaient, effrayés.

Aux yeux des brothers and sisters, grands et petits, que ce soit clairement ou pas, la mère fomentait en elle une œuvre de chaque jour, d'une importance inexprimable, c'était pourquoi elle avait besoin de s'entourer de silence et de paix. Qu'elle aille vers quelque chose, la mère, cela tout le monde le savait. C'était ça l'œuvre, cet avenir en marche, à la fois visible, imprévisible, et de nature inconnue. Rien n'en limitait l'étendue parce que pour eux ce n'était pas nommé ce qu'elle faisait la mère, c'était trop personnel. Pas de mot pour ça, c'était trop tôt. Rien n'en contenait le sens entier et contradictoire, même pas le mot qui l'aurait dit. Pour Ernesto c'était peut-être déjà une œuvre, la vie de la mère. Et c'était peut-être cette œuvre qui, retenue en elle, faisait ce chaos.

Que la mère sache à peine écrire donnait à son œuvre couleur d'immensité. Tout allait à la grandeur de l'œuvre de la mère comme les pluies aux océans, autant ces petits enfants qu'elle voulait vendre que les livres qu'elle n'avait pas écrits, les crimes qu'elle n'avait pas commis. Et cette autre fois dans cet autre train russe, cet amant-là, perdu dans l'hiver et maintenant massacré par l'oubli.

Oui, il y avait eu cet autre voyage, cette autre fois survenue dans un autre train de nuit qui traversait de même la Sibérie Centrale. Cette fois-là il y avait eu cet amour.

Ce que faisait la mère dans ce train, elle l'avait oublié. Mais cet amour, pas encore, avait-elle dit, pas encore tout à fait, jusqu'à sa mort, pas encore tout à fait elle disait, cette brûlure au cœur, elle la garderait dès son souvenir abordé, déjà elle l'avait là dans le corps.

La mère était déjà là lorsque cet homme était monté dans le train. Ils s'étaient aimés le temps du voyage. Elle avait dix-sept ans. Elle était alors aussi belle que Jeanne, disait-elle. Ils s'étaient dit qu'ils s'aimaient. Ils avaient pleuré ensemble. Il l'avait couchée dans son manteau. Le compartiment était resté vide, aucun voyageur n'y était entré. De toute la nuit leurs corps ne s'étaient pas quittés.

C'était au retour des bars de Vitry que la mère avait parlé de ce voyage-là. Pendant des mois et plus que ça, pendant des années, elle avait attendu de retrouver cet homme du train. Elle pensait encore à cette attente comme faisant partie du bonheur qu'elle avait connu avec lui. Dans sa vie, cette nuit-là était restée resplendissante, inégalée. Cet amour avait été si fort que la mère en tremblait encore cette nuit-là à Vitry.

Les enfants se souviendraient toute leur vie de cet instant quand la mère avait raconté. Ils étaient tous là, Jeanne et Ernesto et les brothers and sisters. Tandis qu'elle parlait, dans le lit le père dormait. Il était tout habillé, il avait ses souliers d'été, il respirait fort, il dormait là comme dans un champ.

Peu avant l'aube, le train s'était arrêté dans une petite gare. L'homme s'était réveillé dans un cri, il avait pris ses affaires et il était descendu dans l'épouvante. Il n'était pas revenu sur ses pas.

Au moment où le train était reparti, il s'était retourné vers le train, vers cette femme à la portière claire. Ça avait duré quelques secondes. Puis le train avait écrasé son image sur le quai de la gare.

Après avoir touché les allocations familiales, le père et la mère allaient dans le centre-ville pour boire du beaujolais et du calvados. Cela jusqu'à minuit, heure de fermeture des bars du centre-ville.

Ensuite, ils descendaient au Port-à-l'Anglais dans les bistrots des quais de Vitry. Ensuite encore, lorsqu'ils ne trouvaient personne pour les ramener chez eux, il arrivait qu'ils remontent les collines de Vitry pour aller chez les Routiers de l'ancienne Nationale 7. Ce n'était pas chaque fois. Mais là, c'était du quatre heures du matin lorsqu'ils rentraient à la casa. Alors oui, les brothers et les sisters étaient désespérés. Ils ne pouvaient s'empêcher de craindre que cette fois-là était la bonne et que ces parents qu'ils avaient jamais plus ils ne les reverraient.

Pour les enfants, la mort c'était ne plus voir les parents. Leur peur de mourir en passait par là, ne jamais plus les revoir. De faim, les enfants savaient qu'ils ne mourraient pas. Parce que dans ce cas des randonnées au centre-ville ou dans celui de la mère qui tout à coup décidait de ne plus faire à manger et d'aller se coucher, les enfants mangeaient des Quaker Oats préparés par Ernesto et puis, Jeanne, elle chantait *À la claire fontaine*. Alors voyez, disait Ernesto, bande de petits cons, assez hurlé.

La nuit, il arrivait aux parents ivres morts des histoires incompréhensibles, brutales. Un jour on les avait retrouvés à la Porte de Bagnolet, pourquoi la Porte de Bagnolet ? Ils n'avaient jamais su. Un car de police les avait ramenés à Vitry. Après cette sortie-là les parents étaient restés dans leur chambre pendant trois jours, ils ne voulaient plus ouvrir leur porte à leurs enfants ni même leur répondre. Jeanne pleurait, elle les insultait, elle hurlait qu'elle allait les tuer. Vous allez ouvrir, ou bien je brûle la casa. La voix de Jeanne était aiguë, insupportable. Tous les enfants pleuraient. Ernesto les avait emmenés dans l'appentis. Puis à la fin le père avait ouvert. Tellement il était désespéré à voir que Jeanne avait couru à l'appentis le visage caché dans ses mains. Ernesto était venu près d'elle. Elle lui avait dit, à Ernesto, que peut-être ils avaient tort, que si vraiment les parents voulaient à ce point mourir il fallait les laisser faire.

Parfois les parents s'enfermaient tout à coup dans leur chambre sans pour autant être allés au centre-ville. Cela sans raison qui pouvait se dire sans doute, tellement elle était particulière, personnelle. Ernesto disait que c'était peut-être le printemps de mai. Il s'était souvenu que l'année d'avant et l'année d'encore avant ç'avait été pareil. C'était le cerisier en fleurs, ce printemps excessif que la mère disait ne plus pouvoir supporter, ne plus vouloir voir. Ce qui l'accablait c'était que le printemps puisse revenir. Toute la population de Vitry se réjouissait d'un temps si beau, si bleu et elle, la mère, elle insultait le cerisier en fleurs. Saloperie elle disait et en même temps elle interdisait qu'on le taille, qu'on coupe même les petits rameaux au bout des branches qui envahissaient la cuisine.

Une fois, Ernesto avait dit à Jeanne que peut-être ils se trompaient, elle et lui, que c'était peut-être pour s'aimer que les parents s'enfermaient dans la chambre.

Jeanne était restée muette après ce qu'avait dit Ernesto. Il avait regardé sa sœur longuement et elle avait été forcée de fermer les yeux. Et lui, ses yeux avaient tremblé et à leur tour ils s'étaient fermés. Lorsqu'ils auraient pu se regarder de nouveau ils avaient évité de le faire. Dans les jours qui avaient suivi ils n'avaient pas parlé. Ils n'avaient pas nommé cette nouveauté qui les avait anéantis et privés de parole.

Ça avait été peu après ce jour-là qu'Ernesto avait lu aux brothers et aux sisters les passages du livre brûlé qui avaient trait aux occupations du fils de David, roi de Jérusalem.

— J'ai bâti des maisons, avait lu Ernesto.
— J'ai planté des vignes.
— J'ai planté des forêts, des jardins. J'ai planté des arbres à fruits de toutes les sortes, lit Ernesto.
— Et puis j'ai fait des étangs.

Ernesto s'arrête de lire. Le livre lui glisse des mains. Il le laisse. Il a l'air d'être exténué. Et puis il reprend sa lecture. Cette fois sans le livre.

— Pour arroser la forêt, reprend Ernesto, pour arroser les vergers, les jardins, les prairies, j'ai fait des étangs.

Ernesto s'arrête. Il se tait. Il regarde Jeanne qui est couchée contre le mur. Jeanne ouvre les yeux et, à son tour, elle le regarde.

Et puis Jeanne, elle baisse les yeux de nouveau. De nouveau elle s'en est allée d'Ernesto, on le dirait. Mais Ernesto sait que derrière ses paupières, c'est lui que Jeanne voit à en être brûlée. Ernesto lit les yeux fermés pour de même avoir Jeanne en lui.

— J'ai possédé des troupeaux de bœufs et de brebis plus que tous les rois qui étaient avant moi à Jérusalem.

Ernesto de nouveau ouvre les yeux.
Il s'allonge. Il essaye d'arracher son regard du corps de Jeanne contre le mur.

— J'ai amassé de l'or et de l'argent, j'ai amassé les richesses des rois et des princes, continue Ernesto.

— J'ai eu des chanteurs, des chanteuses, des femmes en très grand nombre.

— Je suis devenu le plus grand de tous les rois d'Israël, crie Ernesto, et mon intelligence, je l'ai gardée avec moi.

On dirait qu'Ernesto s'est endormi. Mais il crie. On dirait qu'Ernesto s'est endormi et qu'il crie en dormant.

— Tout ce que mes yeux avaient désiré, je l'ai eu, crie Ernesto.

— Je n'ai rien refusé à mon cœur, aucun amour, aucune joie.

Ernesto se relève. Il reprend le livre. Tout d'abord il ne le lit pas. Il tremble. Et puis il recommence à lire.

— Et puis, dit Ernesto, j'ai considéré tous les ouvrages que mes mains avaient faits et la peine que j'avais eue à les faire.

— Et voici : j'ai compris que tout est vanité. Vanité des Vanités. Et Poursuite du Vent.

Les enfants avaient écouté avec une attention entière ce qu'avait fait le Roi d'Israël. Ils avaient demandé où ils étaient maintenant ces gens-là, les Rois d'Israël.

Ernesto avait dit qu'ils étaient morts.

Comment ? avaient demandé les enfants.

Ernesto avait dit : gazés et brûlés.

Les brothers et sisters avaient sans doute déjà entendu dire quelque chose là-dessus. Quelques-uns ont dit : ah oui... c'est ça... on savait.

Quelques autres avaient pleuré comme après la découverte du livre.

Puis ils étaient revenus à la pluie et aux étangs. Ce qu'ils préféraient à toute la création.

Un brother avait dit : ce que j'aime le plus, c'est quand il plante les forêts. Ce qu'il ne comprenait pas c'était comment on pouvait faire des étangs avec de l'eau dedans.

Un autre avait dit que c'était la pluie. Que le roi la mettait dans les étangs pour ensuite arroser avec les forêts et les jardins.

L'intelligence du roi avait ébloui les brothers et les sisters.

Vanité, les brothers et les sisters ne savaient pas trop ce que c'était. Une sister croyait que c'était quand on mettait des robes trop belles, trop endiamantées. Une autre sister disait : avec du rouge plein la figure en plus des robes.

Vanité des vanités, aucun brother, aucune sister ne savait. Mais poursuite du vent, ils savaient un peu, à cause de la grande carcasse de l'autoroute déserte en bas des coteaux de Vitry.

Ernesto avait dit que le vent c'était encore quelque chose d'autre qui s'appelait la connaissance. Que la connaissance c'était aussi le vent, aussi bien celui qui s'engouffrait dans l'autoroute que celui qui traversait l'esprit.

Un grand brother avait demandé comment c'était représenté la connaissance, par quel dessin.

Ernesto dit : On ne peut pas en faire le dessin. Parce que c'est comme un vent qui ne s'arrête pas. Un vent qu'on ne peut pas attraper, qui ne s'arrête pas, un vent de mots, de poussière, on ne peut pas le représenter, ni l'écrire ni le dessiner.

Jeanne le regarde, Ernesto. Elle rit aussi. Quand Jeanne rit tous les brothers et les sisters rient.

Il y en a beaucoup de ça, demande un très petit brother.

Pas mal, dit Ernesto, c'est ce qu'on croit, mais on se trompe.

Il y a combien, demande le petit brother.

Zéro et compagnie, dit Ernesto.

Le tout petit brother est fâché. Il dit que lui il a une connaissance, c'est une petite fille de Vitry, elle est noire, elle vient de l'Africa. Elle s'appelle Administrative Adeline.

Il y a un moyen brother qui pleure et qui crie :

Tu es complètement fou Ernesto, cinglé.

Ernesto rit. Et puis c'est Jeanne. Et puis c'est tous. Et puis Ernesto leur avait demandé de ne pas oublier, les derniers rois d'Israël, à Vitry, c'étaient leurs parents.

Quand le printemps arrivait, les enfants devenaient d'un rose doré et leurs cheveux pareils, ils devenaient d'une blondeur rousse, presque rose. Ils étaient très beaux. Dans Vitry il y avait des gens qui disaient : c'est dommage, des enfants aussi beaux... on dirait pas... Quoi, on dirait pas, on demandait. Qu'ils sont abandonnés, on répondait.

Le père et la mère, ils s'étaient connus à Vitry, c'èst là qu'Emilio Crespi s'était fixé à son arrivée d'Italie. C'était là aussi qu'il avait trouvé son emploi de maçon dans une entreprise du bâtiment. Il logeait dans un foyer d'Italiens près du centre-ville de Vitry.

Pendant deux ans il avait vécu seul, Emilio Crespi, et puis il avait rencontré la mère lorsqu'elle était arrivée seule avec ses vingt ans à la fête annuelle du foyer des Italiens.

Elle s'appelait Hanka Lissovskaïa. Elle venait de Pologne. Elle n'était pas née là, en Pologne. Elle était née avant le départ de ses parents pour la Pologne, elle n'avait jamais su où, un village avait dit sa mère, quelque part dans le fatras des populations entre l'Ukraine et l'Oural.

C'était à Cracovie qu'elle avait rencontré ce Français qui l'avait emmenée à Paris. Dès leur arrivée, elle l'avait quitté, elle n'avait jamais dit pourquoi. Pour le fuir elle avait marché pendant deux jours. Elle s'était retrouvée à Vitry et là elle s'était arrêtée. Elle était allée à la mairie pour se reposer et demander du travail. Vingt ans, les cheveux blonds, d'une blondeur rousse, des yeux de ciel bleu, un teint de Pologne. Elle avait été engagée aussitôt.

Il était beau Emilio, brun, mince, des yeux clairs, rieur et doux, charmant. Le soir même de la fête, elle était allée dans sa chambre. Ils ne s'étaient jamais quittés.

Elle était restée femme de ménage à la mairie jusqu'à son premier enfant. Après la mairie elle n'avait plus travaillé au-dehors. Emilio Crespi, il était

58

resté maçon jusqu'à son troisième enfant. Après il n'avait plus rien fait non plus.

La mère, ce n'était pas qu'elle était belle, ce que c'était on ne pouvait pas le dire précisément. Comme une façon d'être belle, de le savoir, et de se conduire comme une pas belle. D'oublier ce savoir d'être belle, de se conduire mal vis-à-vis d'elle-même, de ne pas pouvoir s'en empêcher.

Pendant longtemps, le passé de la mère avait été douloureux à imaginer pour le père. Il s'était demandé très longtemps quelle était cette femme qui était arrivée dans sa vie comme la foudre, le feu, comme une reine, comme un bonheur fou enchaîné au désespoir. Qui était là dans la maison ? Contre son cœur ? Contre son corps ? Rien, la mère n'avait jamais rien dit qui puisse éclairer sa jeunesse, cette antériorité si obscure, intraduisible, dont elle avait toujours ignoré qu'un jour elle serait cause d'une si grande souffrance.

Et puis un jour les enfants étaient venus. Chacun d'eux avait été une réponse à la question du père, à savoir qui était cette femme. Cette femme c'était leur mère, c'était aussi la femme de leur père. Son amante.

La douleur avait quitté le père avec la naissance de ses enfants. Et puis plus tard les enfants avaient prodigué au père une autre douleur. Celle-là, cette nouvelle douleur, le père l'avait acceptée.

C'est à l'école. C'est la salle de classe. C'est monsieur l'instituteur. Il est assis à son bureau. Il est seul. Il n'y a pas d'élèves. Les parents d'Ernesto entrent. Ils se disent bonjour.

Tous : Bonjour Monsieur. Bonjour Madame. Bonjour. Bonjour Monsieur.

Silence.

Le père : On est venus pour vous avertir que notre fils Ernesto, il veut plus retourner à l'école.

L'instituteur regarde les parents, blasé. Le père reprend.

Le père : Comme on sait qu'on est obligés de le mettre à l'école, obligés, obligés, et qu'on veut pas aller à la prison, on est venus pour vous servir...

La mère : Pour vous avertir, il veut dire, Monsieur, vous informer. Vous faire savoir.

L'instituteur : Soyez clair, Monsieur, je vous en prie... Reprenons : vous avez demandé à me voir pour m'avertir de quoi ?

Le père : Eh bien de ça justement que je disais...

L'instituteur : Si je comprends bien, du fait que votre fils Ernesto ne veuille plus aller à l'école.

Les parents : Voilà, c'est ça.

L'instituteur, grandiloquent : Mais Monsieur, aucun des quatre cent quatre-vingt-trois enfants qui sont ici ne veut aller à l'école. Aucun. D'où sortez-vous ?

Les parents se taisent. Ils le savaient qu'il répondrait comme ça l'instituteur. Il rigole. Alors les parents rigolent aussi. Ils se taisent. Ils ne sont pas étonnés. Ils rigolent avec l'instituteur.

L'instituteur : Vous, vous connaissez un seul enfant qui veut aller à l'école ?

Pas de réponse des parents.

L'instituteur : On les force, Monsieur, on les y contraint, on tape dessus, voilà. (Pas de réponse des parents.) Vous entendez ce que je dis ?

Les parents doux et calmes.

La mère : On entend mais nous on force pas les enfants, Monsieur.

Le père : C'est contre nos principes, Monsieur. Excusez-nous.

L'instituteur regarde les parents, ahuri, puis il se met à sourire parce que ces parents lui plaisent beaucoup.

L'instituteur : Elle est bien bonne celle-là, avouez...

Les parents, de rire avec l'instituteur.

La mère : Il faut dire, Monsieur le Directeur, que dans le cas présent personne peut forcer cet enfant-là à aller à l'école. Avec les autres, je dis pas, mais celui-là, non, personne pourrait.

L'instituteur scrute les parents. C'est un instituteur comique. Tout à coup, il crie.

L'instituteur : Et pourquoi donc ne pourrait-on plus forcer un enfant à aller à l'école ? Pourquoi donc ? Quelle perte de temps... Je deviens fou moi... Je deviens réactionnaire... (temps). Alors, Madame, je vous ai parlé, il me semble ?

La mère : Excusez-moi, Monsieur, je vous écoutais...

L'instituteur, calmé et ravi.

L'instituteur : Alors on ne peut plus les forcer, les mômes ?

Silence. Coup d'œil des parents entre eux.

La mère : Eh bien... C'est-à-dire... lui c'est exceptionnel... Il est très, très grand, très très grand, très très fort.

Le père : Il a l'air d'avoir vingt ans, il en a douze. Alors, voyez.

L'instituteur : En effet... oh la la la la... qu'est-ce que c'est qu'ça...

Le père : C'est vous dire que... Par exemple on ne peut pas le sortir de la maison. C'est une impossibilité physique, Monsieur le Directeur.

Silence long. Distraction générale, affaissement des trois. Silence.

L'instituteur, ton brisé : Et autrement, ça va ?

La mère : Ça va... et vous Monsieur ?

L'instituteur : C'est-à-dire... On fait aller... Qu'est-ce que vous voulez qu'on fasse d'autre.

Les parents : C'est sûr... on fait aller... et puis voilà... ça va.

L'instituteur : C'est ça.

Silence. L'instituteur se souvient.

L'instituteur : Dans le cas présent, c'est très simple, on fait une toute petite école autour de lui il est bien obligé d'y rester.

Ils rient tous les trois. Puis ensemble, ils redeviennent sérieux.

La mère se tourne vers son mari, puis vers l'instituteur.

La mère : Puis il n'y a pas seulement ce qu'on vous dit là, Monsieur le Directeur, qu'il est immense... Il y a autre chose... C'est les raisons qu'il donne... C'est spécial.

L'instituteur replonge faussement dans le sérieux.

L'instituteur : Ah ! Soyons sérieux et méthodiques... j'ai autre chose à faire moi, il y en a cinquante-six qui m'attendent là...

Les parents : Oh ! la ! la !... Ça fait du monde ça...

L'instituteur : D'abord : est-ce que votre enfant, Ernesto, dit pourquoi il ne veut plus aller à l'école ?

Le père, temps : Justement... oui... C'est là qu'ça s'bloque. C'est ce qu'elle essayait d'vous dire... Il dit. Tenez-vous bien Monsieur. Il dit : je retournerai pas à l'école parce que à l'école on m'apprend des choses que je ne sais pas.

L'instituteur, réfléchit. Il dit : J'comprends pas. Rien.

Puis ils éclatent de rire tous les trois. Puis l'instituteur se reprend.

L'instituteur : C'est étrange quand même c't'histoire.

Les parents : Pour y être, ça y est, étrange...
Silence.

L'instituteur : Comment est cet enfant ?

Le père s'impatiente légèrement.

Le père : Immense. Combien de fois faut vous l'répéter Monsieur à la fin... Petit et immense.

L'instituteur : Excusez-moi...

La mère : Brun. Douze ans. Fait pas grand bruit, faut dire.

L'instituteur réfléchit. Les parents le regardent réfléchir. Silence.

L'instituteur : Je vois... autant s'en prendre à un animal sauvage...

La mère : Oh ! la ! la !... Monsieur le Directeur, vous n'y êtes pas du tout... Autant s'en prendre à rien... Ernesto, ça peut pas se prendre... ça se voit pas... c'est rien pour ainsi dire... C'est en dedans, comprenez... au-dehors, ça a l'air comme ça... d'être grand, mais en fait c'est tout en dedans... ramassé... comprenez, Monsieur le Directeur... c'est un enfant...

Le père : Vous, Monsieur le Directeur, il n'y a qu'à vous voir pour savoir que vous comprendrez... La comédie dans l'cas de cet enfant c'est pas la peine, voyez...

La mère, reprend : ... rien n'y fera jamais jamais Monsieur... on peut pas lui faire croire des choses qui sont pas vraies, c'est impossible Monsieur le Directeur... et moi je crois qu'il vaut mieux le tuer tout de suite que...

L'instituteur : Quoi Madame ?

La mère : Rien Monsieur, rien... Faut que je m'arrête d'en parler. Il me donnerait à pleurer ces temps-ci, c't enfant-là...

L'instituteur : Excusez-moi Madame...

La mère : C'est moi Monsieur... Faut le laisser Ernesto, Monsieur.

L'instituteur regarde le père et la mère.

L'instituteur : Le laisser où Madame ?

La mère : Là où il est Monsieur.

Silence. Le calme est revenu.

L'instituteur : Autrement... Il vous donne des soucis, Ernesto ?

Les parents ne sont plus effrayés.

Le père : On peut pas dire, non...

Le père, regarde la mère : T'es d'accord... On peut pas dire qu'il en donne...

La mère : Non on peut pas. N'en donne pas...

L'instituteur est contaminé par le parler des parents.

L'instituteur : La nourriture... ? mange trop ?

Le père : Mange bien, disons hein Eugenia ?

La mère : C't'à dire... mange pas son compte le petit... s'prive un peu pour ses père et mère, ses brothers et ses sisters... mais ça peut aller...

L'instituteur : Pouvez me l'amener c't Ernesto ?

Silence. Les parents se regardent, de nouveau inquiets.

Le père : Qu'est-ce que vous allez lui faire ?

L'instituteur prend le ton « d'homme à homme » avec le père.

L'instituteur : Lui parler. Le raisonner. Revenir à une logique élémentaire. Parler. Tout est là. Parler. Dénouer la crise. La transférer.

Le père est sans voix d'abord. Il montre la mère.

Le père : Vous avez rien compris à ce qu'elle a dit alors...

L'instituteur : Rien.

Les parents se regardent de nouveau inquiets.

Le père, temps : Faudra pas le brutaliser, Monsieur... des fois que ça vous prendrait... parce que... elle... elle est costaud... et elle supporte pas qu'on y touche.

L'instituteur : D'accord.

Silence. L'instituteur ne rit pas. Il réfléchit.

L'instituteur, il regarde les parents : Comment ça

s'fait que j'ai si mal vu cet Ernesto, avec c'te taille anormale... j'comprends pas bien.

La mère : Vous l'avez peut-être pris pour un autre, Monsieur...

L'instituteur : Possible... S'rait pas miro par hasard ?

La mère : Non... rien, Monsieur. Les yeux clairs.

Le père et l'instituteur regardent la mère de la même façon, fascinés tout à coup.

L'instituteur : Comme vos yeux Madame.

La mère : C'est ça Monsieur.

Silence. La mère baisse les yeux.

L'instituteur : À mon avis j'ai dû l'prendre pour un de ces vagabonds d'Vitry.

La mère : Ah, c'est ça... Ne cherchez pas plus loin, Monsieur, c'est ça...

Silence. Vide général. Ils se regardent. L'instituteur oublie. Puis, à force, l'instituteur parle.

L'instituteur : Vous êtes d'où, vous autres ?

Le père montre sa femme.

Le père : Elle, du Caucase, enfin... de ce côté-là... moi d'Italie. De la vallée du Pô... Oui... depuis des générations... on venait pour les vendanges... Et vous... Monsieur ?

L'instituteur, d'une traite : De la Seine-Maritime. Du pays de Caux. Pas loin de la boutonnière de Bray, voyez...

Les parents se regardent. Connaissent pas. Connaissent rien. Le savent. Rien.

Les parents attendent encore.

Le temps passe. Personne ne bouge.

Le père : Vous n'avez plus besoin de nous, Monsieur ?

L'instituteur :... non, non... c'est-à-dire... Non.

Du temps passe encore.

L'instituteur se met à fortement se taire. Lui aussi est complètement en allé dans une histoire invisible.

Puis à voix basse, mais claire, l'instituteur se met à chanter *Allo maman bobo* d'Alain Souchon. Les parents écoutent jusqu'au bout, stupéfaits. Puis du temps passe encore. Et personne ne bouge encore.

Puis l'instituteur s'endort.

Les parents le regardent dormir. Et à la fin ils se lèvent. Ils font très doucement, l'instituteur ne s'en aperçoit pas. Et ils sortent de l'école.

Ce qui faisait rire les enfants c'était le père.

C'était le soir au dîner. C'était la répétition de certains mots par le père. Comment vas-tu yau de poêle — et Je n'suis pas né de la dernière. La dernière de quoi ? il avait oublié. Déjà, l'idée que le père allait peut-être dire quelque chose qui allait les faire rire faisait rire les enfants. L'air que prenait le père quand la mère avait le dos tourné faisait se tordre les enfants. Il la désignait du regard à la fois comme un mystère et comme une calamité.

Aussi le père se désignait-il lui-même comme étant lui aussi un enfant de la mère.

Quand le père se mettait à faire rire les enfants ça ne s'arrêtait plus. Quoi que fasse le père, pour les faire rire, les enfants ils se tordaient. Il ne faisait rien et les enfants se tordaient de même. Il mangeait les pommes de terre sautées avec un drôle d'air — « encore », l'air voulait dire — et les enfants, ils se tordaient. Dès lors que c'était parti de cette façon, quoi qu'il fasse tout était à se tordre.

Quelquefois, la mère se mettait à chanter exprès pour ses enfants, la berceuse russe, *La Neva*. La mère ne savait presque plus rien des paroles de *La Neva*. Alors le père reprenait le chant en faux russe. C'est alors que la mère à son tour criait de rire et que les enfants qui ne connaissaient ni le vrai ni le faux russe criaient de rire à leur tour. Quand les voisins arrivaient pour voir ce qui se passait dans cette famille nombreuse, à leur tour, de les voir, ils riaient.

C'étaient ces moments-là, quand la mère entrait dans le jeu avec la berceuse, que les enfants et le père atteignaient les moments de leur plus grand bonheur.

La mère, ces soirs-là, aimait l'idée de ses enfants, qu'ils soient là à encombrer l'espace et le temps de sa vie.

Pour le père c'était justement à ces moments-là, lorsque la mère et tous ses enfants riaient, riaient, qu'il croyait ce que disait Ernesto, qu'ils étaient les plus heureux des habitants de Vitry. Le bonheur du père c'était celui de ses enfants. Il disait : « J'suis comblé. » Et les enfants de recommencer à se tordre et lui, dans le rire, à pleurer de joie.

Mais quelquefois il rappelait qu'il était Italien, le père, de cette Vallée du Pô, — des fois, il disait : « des fois qu'on l'aurait pas encore compris j'suis d'la Vallée du Pôpô ». Et alors ça le prenait d'un seul coup, il se mettait à parler italien mais alors un italien que les enfants ne reconnaissaient pas, ultra rapide, défiguré, qui était très laid, très sale, très mal élevé et qui sortait de lui comme si c'était la fin de sa vie et qu'il se vidait de ce qui lui restait encore de cette autre vie qu'il avait eue avant cette avalanche d'enfants. Ces fois-là, l'épouvante des enfants c'était de découvrir que le père était fou et ils se jetaient sur lui et ils le tapaient jusqu'à ce qu'il les reconnaisse. Et moi qui je suis, tu vas l'dire. T'es le troisième, disait enfin le père, t'es Paolo.

Autrement, le père, c'était un homme qui ne faisait rien. Voilà. Et qui chaque jour mangeait sans broncher les pommes de terre aux oignons. Il s'occupait des allocations familiales et de son chômage. Personne ne trouvait à redire à cette paresse énorme dans laquelle il était complètement installé, ni la mère, ni les voisins.

Le père aimait beaucoup ses enfants mais il respectait l'ordre instauré par la mère. Jamais les enfants n'entraient d'eux-mêmes dans la maison. Sauf Ernesto et sa sœur Jeanne. Et c'était aussi le rôle du père de les prévenir quand l'heure du dîner était arrivée. Il sifflait et les enfants arrivaient en courant. Ils se lavaient les mains, ça toujours, la mère exigeait, comme la douche le matin. Et puis ils dévoraient. Quelquefois la mère n'avait pas faim. Le père, lui, il mangeait toujours avec ses enfants, avec le même appétit que ses enfants.

On parlait d'eux dans Vitry, les femmes surtout, les mères : ces gens-là, un jour ou l'autre, ils abandonnent leurs enfants. On disait : c'est dommage, des enfants aussi beaux... pas d'école... pas d'éducation... rien... il y a eu des demandes d'adoption, mais les parents ils veulent rien savoir... ces gens-là, les allocations, ils en vivent, vous m'avez comprise...

Les enfants avaient quelquefois vent de ces rumeurs qui couraient les rues. C'est alors qu'Ernesto disait ce que croyait le père. Laissez courir, criait Ernesto, c'est nous les plus heureux des enfants de Vitry. Alors, devant la chose criée par Ernesto, les enfants se rendaient à l'évidence de leur fulgurant bonheur, une bête bondissante dans leur tête, dans leur sang. Et même quelquefois, le bonheur était trop grand pour qu'on arrive à lui tenir tête sans avoir peur.

Ernesto et Jeanne dormaient dans ce couloir ouvert qui séparait la casa du dortoir que la commune leur avait fait bâtir. Alors, comme ils étaient enfermés avec Ernesto et Jeanne ensemble, les brothers et les sisters avaient le sentiment de les garder avec eux dans le sommeil. Parce que, ce que les enfants craignaient que fasse la mère avec les tout petits n'avait pas nom d'abandon mais de séparation d'avec elle et d'avec le père et d'avec les autres enfants. Abandonnés, ils l'étaient, d'une certaine façon, et ils le savaient, mais ils savaient aussi qu'ils restaient ensemble dans cet abandon commun. Être séparés les uns des autres, ils ne pouvaient même pas le concevoir.

Les enfants, c'étaient des gens comme ça, qui comprenaient qu'on les abandonne. Sans comprendre, les enfants, ils comprenaient. Sans comprendre l'abandon, ils le comprenaient. C'était en quelque sorte naturel. Qu'on ait ce mouvement d'abandonner les enfants à un moment donné, d'ouvrir les mains et de lâcher, c'était naturel. Eux, leurs billes les plus belles, ils les perdent, alors. C'était aussi naturel qu'ils s'agrippent à la mère, qu'ils ne veuillent pas la lâcher. Eux, les brothers et les sisters, ils avaient encore dans la tête les espaces des premiers âges. Des espaces sombres, des peurs inintelligibles, inconsidérées, d'autoroutes désertes par exemple, d'orages, de nuits noires, de vent. Allez voir ce que ça dit certaines fois le vent, ce que ça crie. Toutes les peurs des enfants venaient de Dieu, de là, des dieux. Toutes les peurs venaient de Dieu et de ces peurs-là, la pensée ne pouvait pas consoler parce que la pensée faisait partie de la peur. Les enfants acceptaient qu'on les chasse, qu'on les prive, ils n'avaient rien à dire contre et ils laissaient faire. Ils aimaient la cruauté de la mère. Ils aimaient la mère. Ils aimaient être abandonnés par la mère. La mère était cause de beaucoup de leur peur, de la peur des enfants. Ernesto et Jeanne, les brothers et

71

les sisters les aimaient presque autant que le père et la mère, mais ceux-là ils les connaissaient infiniment et ils n'avaient d'eux aucune espèce de peur. Ernesto et Jeanne, en aucun cas ils ne pouvaient remplacer la sorte de parents qu'ils avaient, surtout lorsque ceux-ci étaient en colère contre leurs enfants, presque chaque jour, et qu'ils les menaçaient de partir pour toujours dans une contrée inaccessible aux enfants où enfin ils pourraient vivre sans l'espérance, débarrassés de ça.

Il y avait aussi dans cette histoire que le père ne supportait pas de laisser la mère seule, à la casa ou ailleurs, tout l'après-midi. Nulle part il n'osait laisser la mère seule. Il craignait toujours qu'elle se sauve et qu'elle disparaisse pour toujours dans des lieux mal déterminés qui participaient à la fois des bars du port de Vitry et du flou de l'Est français, cette zone frontalière qui versait vers les chemins allemands et cette zone mal éclairée et sans rivages qui était le centre de l'Europe d'où à son avis, sans doute aucun, venait cette femme.

Comme la mère éprouvait la même peur pour le père — que sans elle il se perde — l'après-midi ils se retrouvaient seuls et ensemble à la casa, obligés en quelque sorte de se garder l'un l'autre. Mais sans doute l'ignoraient-ils.

Quelquefois, brutalement, les jours d'hiver surtout, le père s'ennuyait tout à coup de ces enfants qui étaient les siens, et il courait les voir à l'appentis, dans l'épouvante soudaine d'arriver trop tard après leur disparition dans l'enchaînement inextricable des banlieues au centre desquelles flottait Vitry, légère et fragile, tout à coup, vulnérable, frappée d'enfance, à son tour adorable. Mais l'hiver, presque toujours, ils étaient à l'appentis à cause du froid, du vent, de la peur. Et là, là encore, c'était leur abandon que voyait le père. Cet espace de l'appentis était celui de l'abandon, de cet abandon dont le père se rendait responsable. Il lui arrivait de pleurer et de leur dire pourquoi. Parce que, disait-il, même s'il les aimait beaucoup — il savait cela le père — il ne les aimait pas autant qu'on pouvait aimer. Il disait que c'était à cause de cette femme, leur mère, rencontrée dans un train de Sibérie, soi-disant, qui avait pris pour elle tout l'amour dont il était capable. Ses enfants ne l'avaient jamais cru quand il parlait de la sorte, mais il ne pouvait s'empêcher d'accabler cette femme qu'il aimait à la folie depuis toujours, depuis même avant le train de cette nuit-là en Sibérie. Bien sûr que le père le savait ça, que l'amour des enfants n'est pas le même que celui d'un enfant, d'une seule personne, mais lui, ses propres enfants lui avaient donné la nostalgie d'un amour général dont il savait maintenant qu'il ne l'atteindrait jamais du moment qu'il avait pour cette femme une écrasante préférence, un inaltérable désir. Cette femme d'ailleurs, s'indignait d'être aimée de la sorte par un homme fût-il le père de ses enfants, parce qu'elle savait, et elle était seule à le savoir, que personne ne méritait d'être aimé de la sorte par quiconque. Ce qui faisait que le père vivait dans l'épouvante de perdre cette femme qui à chaque occasion lui disait qu'un jour, le plus beau de tous, elle se sauverait de lui. Le père savait que c'était vrai, après tant d'années il le savait encore. Ernesto aussi le savait.

Ainsi le père aimait-il la mère de cette passion fixe, réservée à un autre objet d'habitude et qui, elle, la faisait le fuir et qui, lui, le tuait.

Ce qui rendait cette femme aussi aimable, c'était qu'elle ne savait rien de sa séduction. Que du moment que cette séduction venait justement de cela même qui était son ignorance d'elle-même, le cas de l'aimer devenait désespéré. Ce que le père ne pouvait pas supporter, c'était d'être seul devant elle avec cette passion et de ne pouvoir même pas la lui dire. Les enfants avaient commencé à entrevoir une destinée du père eu égard à cette femme-là, leur mère.

Une fois, un grand des petits brothers avait dit au père : c'est pas vrai ce que tu racontes, notre mère tu n'l'as pas trouvée dans l'train d'la Sibérie, c'est un autre qui l'a trouvée quand toi tu la connaissais même pas, tu vois comme t'es, à raconter n'importe quoi. Le père n'avait pas répondu, rien, mais après il n'avait pas recommencé à parler de l'abominable trahison de la mère.

Une fois, longtemps après, le père avait dit à Ernesto que c'était pour plaire aux brothers et aux sisters qu'il avait menti. Ernesto avait cru le père.

Après que la mère avait raconté cet autre voyage à ses enfants, elle en avait parlé avec Jeanne. Elle avait dit que c'était lorsqu'ils étaient encore dans le premier âge de leur désir qu'elle avait raconté à son père la nuit du train. Pendant des mois ce récit avait fait leur désir plus violent. La mère avait hésité : plus dangereux, avait-elle dit.

C'est après que le père avait sali l'histoire du train jusqu'à en faire une donnée générale du caractère de la mère, lui faire accroire à elle que c'était une prostituée, jusqu'à vouloir la tuer, tuer leur amour et se tuer ensuite. Plus rien n'avait compté, même pas les enfants.

Puis un jour le père n'avait plus parlé de ça.

Souvent dans l'appentis, il y avait d'autres enfants que ceux du père, et pas seulement ceux qui étaient aussi dans le cas de gêner leur mère à eux, mais d'autres encore, riches, ceux-là. Mais quand le père venait, tous les enfants étaient heureux, les siens et les autres. Et même quand il pleurait devant eux, les enfants étaient heureux jusque dans leur douleur de voir le père « faire le malheureux », ils disaient. Ainsi était-il le père, ainsi vivait-il, dans la compagnie profonde des enfants, dans leur férocité, leur amour.

Les parents, ils ont peur de l'instituteur. Emilio, il croit que toute autorité contrôlée par l'État, qu'elle soit apparemment la plus innocente, est en fait, judiciaire.

La mère, tellement Emilio le croit, elle, elle a fini par le croire.

Ils vont donc montrer Ernesto à l'instituteur du moment que celui-ci le leur a demandé. Parce que l'instituteur lui, quand il parle, tout le monde le croit. S'il les accusait, de même il aurait raison d'emblée, tout le monde le croirait sans vérification aucune. Il est le maître de l'école, du matériel et des enfants, l'instituteur. L'avantage c'est qu'il croit ce qu'il veut bien croire. Si lui, il trouve que ce n'est pas la peine de scolariser Ernesto, il peut le décider. Il faut pas rater cette chance, Natacha.

L'instituteur est déjà là, dans sa grande classe, lorsque les parents d'Ernesto arrivent. Il est installé sur un banc d'élève. Il est souriant cet instituteur.

Entrent le père, la mère, Ernesto. Et bonjour Monsieur, bonjour, bonjour, bonjour Madame bonjour Monsieur, répond l'instituteur

L'instituteur regarde ces gens, il les a oubliés. Il a l'air surpris. Il se demande ce qu'ils sont venus faire là. Puis, soudain, l'instituteur se souvient quand il voit Ernesto. L'instituteur et Ernesto se regardent.

L'instituteur : C'est vous Ernesto ?

Ernesto : C'est ça Monsieur, oui.

Silence.

L'instituteur regarde Ernesto très attentivement. Il se souvient et ne se souvient pas.

Ernesto : J'étais au dernier banc tout en haut de la classe Monsieur.

L'instituteur : En effet, en effet... Je ne vous reconnais pas mais... en même temps...

Ernesto : Moi je vous reconnais, Monsieur.

La mère montre Ernesto à l'instituteur, s'excusant mais avec hypocrisie, fière de cet enfant en réalité.

La mère : Vous voyez comme il est, Monsieur l'instituteur.

L'instituteur : Je vois.

L'instituteur, il sourit.

L'instituteur : Alors, on refuse de s'instruire, Monsieur ?

Ernesto regarde longuement l'instituteur avant de répondre. Ah, la douceur d'Ernesto...

Ernesto : Non, ce n'est pas ça Monsieur. On refuse d'aller à l'école, Monsieur.

L'instituteur : Pourquoi ?

Ernesto : Disons parce que c'est pas la peine.

L'instituteur : Pas la peine de quoi ?

Ernesto : D'aller à l'école. (temps). Ça ne sert à rien. (temps). Les enfants à l'école, ils sont abandonnés. La mère elle met les enfants à l'école pour qu'ils apprennent qu'ils sont abandonnés. Comme ça elle en est débarrassée pour le reste de sa vie.

Silence.

L'instituteur : Vous, Monsieur Ernesto, vous n'avez pas eu besoin de l'école pour apprendre...

Ernesto : Si Monsieur, justement. C'est là que j'ai

tout compris. À la maison je croyais aux litanies de mon abrutie de mère. Puis à l'école je me suis trouvé devant la vérité.

L'instituteur : À savoir... ?

Ernesto : L'inexistence de Dieu.

Long et plein silence.

L'instituteur : Le monde est loupé, Monsieur Ernesto.

Ernesto, calme : Oui. Vous le saviez Monsieur... oui... il est loupé.

Sourire malin de l'instituteur.

L'instituteur : Ce sera pour le prochain coup... Pour celui-ci...

Ernesto : Pour celui-ci, disons que c'était pas la peine.

Sourire d'Ernesto à l'instituteur.

L'instituteur : Donc, si je vous suis bien, d'aller à l'école non plus ce n'est pas la peine... ?

Ernesto : Ce n'est pas la peine de même Monsieur, c'est ça...

L'instituteur : Et pourquoi Monsieur ?

Ernesto : Parce que c'est pas la peine de souffrir.

Silence.

L'instituteur : On apprend comment alors ?

Ernesto : On apprend quand on veut apprendre, Monsieur.

L'instituteur : Et quand on ne veut pas apprendre ?

Ernesto : Quand on ne veut pas apprendre, ce n'est pas la peine d'apprendre.

Silence.

L'instituteur : Comment savez-vous, Monsieur Ernesto, l'inexistence de Dieu ?

Ernesto : Je ne sais pas. Je ne sais pas comment on le sait. (temps). Comme vous peut-être Monsieur.

Silence.

L'instituteur : On apprend comment dans votre système si on n'apprend pas ?

Ernesto : En ne pouvant pas faire autrement sans doute Monsieur... Comment ça se passe, il me semble que j'ai dû le savoir une fois. Et puis j'ai oublié.

L'instituteur : Qu'est-ce que vous entendez par : J'ai dû le savoir ?

Ernesto crie.

Ernesto : Comment voulez-vous que je le sache Monsieur ? Vous ne le savez pas vous-même... Vous dites n'importe quoi il me semble...

L'instituteur : Excusez-moi Monsieur Ernesto.

Ernesto : Non, c'est moi, Monsieur...

Le père : Cet enfant, mais qu'est-ce que c'est ? D'où c'est qu'ça sort des trucs pareils...

La mère : Commence pas Emilio.

Le père : Non...

Silence.

L'instituteur et Ernesto, ils sourient aux propos des parents. Puis tout à coup, cris de l'instituteur comme s'il se souvenait de son rôle.

L'instituteur, crie : L'instruction, c'est obligatoire Monsieur ! OBLIGATOIRE.

Ernesto, aimable : Pas partout Monsieur.

L'instituteur : Ici on est ici. Ici c'est ici. C'est pas partout c'est ICI.

Ernesto, gentil : Faut vous dire deux fois les mêmes

79

choses alors Monsieur... Comme partout c'est partout, ici c'est aussi partout, voyez...

L'instituteur : Juste.

Silence. De nouveau entente et complicité entre l'instituteur et Ernesto. Douceur.

L'instituteur : Et autrement ça va ?

Ernesto : Ça va.

L'instituteur : Et votre sœur ? Elle est à l'école votre sœur ou je me trompe.

Ernesto : Elle est allée à l'école, Monsieur, vous ne vous trompez pas... Quatre jours.

L'instituteur : Une belle petite fille...

Le père : Pour ça...

Silence. Douceur. Ernesto sort des chewing-gums de sa poche.

Ernesto : Vous voulez un chewing-gum Monsieur ?

L'instituteur : Je veux bien... Merci Monsieur Ernesto.

Ernesto donne des chewing-gums à ses parents et à l'instituteur. Ils mâchent tous les chewing-gums.

La mère, très triste : Voilà ce que c'est devenu... un petit si brillant...

Elle rit pas, la mère.

Ernesto, il rit : Non m'man. J'y suis pas un crétin. J'en serai pas un non plus. Pourquoi j'en serais un ?

La mère : ... C'est pour les autres que je dis ça. Je sais bien que tu y es pas.

Silence. Les parents rient avec Ernesto. Puis l'instituteur, tout à coup, il rit avec eux.

Le père : C'est pas une vie que tu t'fais. T'as qu'à penser à nous dans le bon sens Natacha.

La mère : J'ai essayé dans tous les sens.

Le père : Dans aucun sens t'as essayé, c'est moi qui t'le dit.

La mère : À moi il m'semblait que j'avais essayé.

Ernesto : Ouais t'as essayé m'man, je l'sais. Là tu fais semblant que non à cause de l'instituteur mais t'as essayé m'man...

Silence. Ils se regardent. Puis ils baissent les yeux.

L'instituteur : Vous êtes des gens... très... très... excusez-moi... très... gentils...

La mère et le père se regardent, dubitatifs.

Le père : Ça Monsieur, non... Je suis désolé. Je ne sais pas ce qu'on est mais gentils, je crois pas qu'on y soit...

Ernesto : Ça fait rien.

L'instituteur : C'est vrai, ça fait rien.

Silence. Ils se regardent.

L'instituteur, il rit : Vous êtes des gens étranges, aussi...

La mère : C'est-à-dire, Monsieur, qu'est-ce qu'on va devenir avec ça ? Sept. On en a sept ! Et moi j'ai envie de mourir chaque jour, voyez...

L'instituteur, songeur : Oui... Mais celui-ci, Madame... c'est un cas unique...

Le père, conciliant : C'est toujours ça r'marquez.

Silence. Ils mâchent tous les chewing-gums.

L'instituteur : Nous nous trouvons donc devant un enfant qui ne veut apprendre que ce qu'il sait.

Le père : Voilà.

La mère : Non, il n'a jamais dit ça. Il veut bien tout apprendre, tout, mais ce qu'il ne sait pas, non, il veut pas l'apprendre.

Ils rient tous avec un certain retard, y compris Ernesto. Puis ils cessent de rire. Puis ils recommencent encore à rire. Et puis encore ils cessent de rire. Et puis Ernesto se lève. Et l'instituteur dit :

L'instituteur : Quel beau printemps on a quand même... trouvez pas...

La mère : On croit toujours ça mais c'est toujours le même, Monsieur.

Ernesto : Faut que je parte, Monsieur. Il y a mes brothers et mes sisters qui traînent dans les parages, il faut que j'les ramène. S'cusez-moi, Monsieur... Vous n'avez plus besoin de moi, Monsieur...

L'instituteur : C'est-à-dire... non... je ne vois pas... Faites ce que vous avez à faire Monsieur Ernesto... je vous en prie...

Ernesto : Je vous remercie. Au revoir Monsieur.

L'instituteur : Au revoir Monsieur... On aura le plaisir de se revoir peut-être... ?

Ernesto sourit.

Ernesto : Peut-être... oui.

Ernesto sort. L'instituteur reste seul avec les parents. Ils se sourient.

L'instituteur : Cas imprévu pour le moins... C'est pas tous les jours... Ça change...

La mère : Vous aussi Monsieur je dois dire... Vous aussi vous êtes imprévu... J'aurais jamais cru qu'un instituteur... pouvait rire comme vous... Excusez-moi Monsieur...

La mère sourit à l'instituteur. Et l'instituteur voit tout à coup la beauté de la mère, il est interdit.

Le père : Mais à part ça Monsieur... Qu'est-ce qu'on peut faire de ces enfants-là... plus tard...

L'instituteur : Ce que vous en faites, Monsieur, les laisser faire ce qu'ils font.

Les parents restent. Se taisent. L'instituteur est heureux et les parents aussi sont dans une sorte d'aise à être là avec cet instituteur.

L'instituteur : C'était bien de se connaître... Moi j'suis ravi.

Silence. Les parents n'ont pas compris. Ils ne répondent pas à l'instituteur.

La mère : Maintenant que vous l'avez vu Monsieur, Ernesto, je voudrais vous demander quelque chose...

L'instituteur : Je vous en prie, Madame...

La mère : C'est-y vrai que c't'engeance-là, elle saura quand même lire un jour, Monsieur... S'conduire, boire et manger comme les autres ?

L'instituteur devient sérieux. Il répond avec une profonde gravité.

L'instituteur : Sans aucun doute, Madame, aucun... Mais vraiment, aucun...

La mère est impressionnée. La situation échappe au père.

La mère, tout bas : Vous êtes aimable, Monsieur, vraiment...

Du temps passe. La mère et l'instituteur sont dans une même émotion. L'instituteur a compris que la mère avait saisi la sincérité de ses paroles.

Du temps passe encore. Personne ne bouge. Puis le père parle.

Le père : Vous n'avez plus besoin de nous, Monsieur...

L'instituteur, il n'est pas sûr, l'émotion est encore là, troublante : Non Monsieur, non... C'est-à-dire... Non.

Du temps passe.

Et puis l'instituteur se met à chantonner encore une fois *Allo maman bobo* d'Alain Souchon.

Et les parents de l'écouter, aussi ravis que la première fois.

Et puis l'instituteur a fini de chanter, il oublie les parents. Et de nouveau il s'endort.

Le père et la mère sourient en regardant dormir l'instituteur comme ils le feraient devant le sommeil d'un enfant.

Les parents se lèvent sans faire de bruit pour ne pas troubler le sommeil de l'instituteur.

Et ils sortent de la classe, ils traversent la cour vide.

Mais cette fois ils se dirigent vers le centre-ville, heureux.

C'est dans la cuisine.

L'après-midi.

Le père et Jeanne sont assis sur un banc, face à la rue.

Chez le père, on devine la débâcle intérieure.

Le père : Ernesto il ira plus à l'école jamais... Tu le sais...

Silence de Jeanne.

Le père : Une fois, puis ça a été fini. L'instituteur il a dit que c'était bien comme ça...

Jeanne, elle ne regarde pas son père.

Le père : Je voulais te dire...

Jeanne, elle n'entend pas, elle ne bouge pas.

Le père pleure doucement.

Le père : J'suis brisé comme si j'allais mourir...

Jeanne, elle n'entend plus, elle ne bouge plus.

Le père : Je voulais te demander... toi... t'y vas plus non plus à l'école...

Jeanne : Non. Tu le sais, alors pourquoi tu le demandes ?

Le père : Pour que tu le dises.

Douceur du père. Prudence.

Le père : Je me doutais bien qu'un jour ça arriverait.

Silence.

Jeanne : Quoi ?

Le père : La débâcle.

Jeanne, crie : C'est pas mal à la fin.

Silence.

Le père fait le sourd.

Le père : Tu t'ennuyais d'Ernesto... c'est ça...

Jeanne ne répond pas. Le père poursuit sa longue plainte.

Le père : Quand on l'a connu, on s'en ennuie loin de lui... Qu'est-ce qu'il est aimable c't'enfant...

Jeanne, elle le regarde pleurer. Elle ne pleure pas.

Le père : T'es laquelle, toi ?

Jeanne : Je suis Jeanne.

Le père : ... La petite troisième...

Jeanne : Non, la petite deuxième. J'ai l'âge comme Ernesto.

Le père : Comment t'as fait pour sortir de l'école ?

Jeanne : Je me suis levée, je suis sortie de la classe. Et puis lentement j'ai traversé la cour. La directrice, elle était là à surveiller, elle m'a vue, elle m'a souri, elle a rien dit. Je suis sortie. Alors j'ai couru.

Le père : Incroyable...

Silence.

Jeanne regarde dehors. Ernesto passe devant la cuisine.

Jeanne : Le v'la qui passe not' fameux frère.

Silence. Jeanne regarde passer Ernesto. Le père la regarde, elle. C'est là tout à coup que la peur arrive chez le père.

Comme il est là, il me cherche Ernesto, dit Jeanne. Il va au dortoir. Regarde... Il revient. Il a rebroussé chemin...

Il va traverser la cour dans l'autre sens... Après il ira à l'appentis.

Il y va là, regarde, dit Jeanne.

Le père ne bouge pas. Il regarde sa fille, ne regarde que ça. Dans ce visage qu'il connaissait, maintenant il y a un éclat inconnu, insoutenable, des yeux vers le frère.

Après l'appentis, dit Jeanne, il ira voir dans les chemins, jusqu'à l'autoroute. Il ira jusqu'à ce qu'il me trouve... toute la nuit s'il le faut il me cherchera...

Silence. Jeanne se tait. Elle se réveille on dirait.

Jeanne : Où est-elle, not' mère ?

Le père : Je sais pas. Je sais plus.

Jeanne : C'est depuis la visite à l'instituteur.

Le père, il hésite : D'puis lors, elle veut plus rien savoir. Elle dit qu'Ernesto un jour ou l'autre il va nous quitter. Elle, elle dit qu'elle préfère mourir.

Le père pleure.

Le père : Qu'est-ce que tu penses, toi ?

Jeanne : Je pense comme elle. Il pourra pas faire autrement Ernesto.

Silence. Le père pleure. Jeanne regarde la route que doit traverser Ernesto après être allé à l'appentis.

Le père : Il t'en a parlé ?

Jeanne : Non. Il le sait pas.

Le père : Tu le sais pour lui.

Jeanne : Oui. Il nous laissera, Ernesto. Il laissera tout.

Le père évite de regarder son enfant.

Le père : Toi, il te quittera pas, même s'il te laisse, il te quittera pas...

Jeanne : Je sais pas. Il y a des choses qu'on sait pas parler.

Silence.

Le père : Toi aussi tu es perdue ?

Jeanne rit tout à coup et elle pleure à la fois. Et elle crie.

Jeanne, crie : Tu comprends rien ou quoi ? Moi c'est le bonheur... c'est terrible... c'est le bonheur fou.

Le père pousse une sorte de hurlement informe.

Le père : Même si tu dois en mourir... de ne pas partir avec lui ?

Jeanne : Même... c'est le bonheur.

Pour ne plus entendre, le père se sauve, épouvanté. Tandis que Jeanne sanglote du bonheur d'Ernesto, et qu'elle l'appelle tout bas.

Un certain désordre s'est installé dans la famille autour du bonheur de Jeanne et d'Ernesto. Le père s'isole de la mère et des enfants. Il va pleurer dans les cafés du centre-ville. Dans l'appentis aussi il va se réfugier pour pleurer. Et aussi dans les fourrés le long de l'autoroute où il va se coucher et pleurer.

C'est là que Jeanne est allée le chercher. Il dormait en pleurant.

Jeanne s'est assise face à lui en silence et le père s'est réveillé. Le père avait un peu honte et puis il s'est excusé auprès de Jeanne. Il lui a dit qu'il souffrait autant que certaines fois il avait souffert à cause de la mère quand ils étaient jeunes. Il a dit aussi qu'il ne fallait pas faire attention à sa douleur, que celle-là lui passerait comme était passée celle provoquée par la mère.

Le père a dû aller au centre-ville, il est un peu saoul. Il regarde Jeanne avec la même épouvante que lorsqu'elle lui a avoué son terrible bonheur, de toutes ses forces. Il a l'air comme si c'était de la regarder qu'il allait mourir. Il voit d'elle ce que personne d'autre que lui ne peut voir, ce deuil de son enfance qu'elle ignore porter sur elle, glorieux effrayant.

Tu es sauvage comme ta mère a dit le père, pareil qu'elle.

Jeanne a souri.

Le vent s'est arrêté de souffler. Les autos passent

moins nombreuses sur l'autoroute. La lumière des lampadaires reste fixe au-dessus de la plage de ciment noir, Jeanne la regarde.

Et puis le père, il a fermé les yeux et il a dit tout bas un nom de femme :

— Hanka Lissovskaïa.

Jeanne a relevé la tête à son tour, épouvantée tout à coup par cet homme inconnu qui se faisait jour à travers le père. Elle a enlevé sa main de la sienne. Il n'a pas bougé. Il a continué :

— Tu es belle comme Hanka Lissovskaïa. Sauvage comme elle.

Jeanne a crié :

— Qui c'est ça ?

— Ta mère à vingt ans.

Jeanne a prononcé le nom de sa mère pour la première fois et elle a pleuré avec le père dans l'adoration de la vie.

C'est dans la cuisine. Le cerisier dehors. Ernesto est à la fenêtre. Il fait une lumière fixe de plein été. La mère regarde dehors. Ernesto arrive face à la mère. Il s'assied devant elle.

La mère : L'instituteur, il est venu. Il a dit qu'il voulait te parler.

Pas de réponse d'Ernesto.

La mère : Il dit qu'il a réfléchi... Que ce que tu avances, ça tient pas.

Ernesto : Quoi j'avance ? J'avance rien...

La mère : Tu es en colère aujourd'hui Ernesto.

Ernesto : Un petit peu.

La mère : Toujours à cause de Dieu ?

Ernesto : Toujours.

Silence.

La mère : L'instituteur dit que si tous les enfants sortaient de l'école, il n'aurait plus qu'à plier bagage.

Ernesto : Tous les enfants, ils ont pas quitté l'école. Celui qui a quitté l'école, c'est moi.

La mère : Tu as aussi la colère contre moi, Vladimir.

Ernesto : Oui. Aussi contre toi.

Silence. Douceur insondable d'Ernesto.

Ernesto : C'est pas pour toi que je dis ça. Toi tu peux m'embêter autant que tu veux, être abrutie autant que tu veux. (temps). C'est pour rien que je dis ça.

Silence.

La mère : Pourquoi tu m'aimes comme ça, Ernesto, c'est agaçant à la fin.

Silence. Ils se regardent.

Ernesto : Je sais pas bien. Peut-être parce que je te connais tellement... Je peux te comparer à rien. T'es mieux que tout le monde.

La mère : Plus que Jeanne.

Ernesto : Pareil. Je le savais pas avant que tu le dises.

La mère : Je suis pas toute blanche Ernesto, faut pas t'y tromper.

Ernesto : Je sais ça aussi. T'es mauvaise aussi.

La mère : Oui. Il faut que je dise aussi. Ça m'a

toujours été égal les qualités morales. Tu le savais... ?
Ce que je voudrais, c'est des biens matériels.

Rires pleurés d'Ernesto et de sa mère.

Ernesto : Un bon vélo ? C'est ça ?

La mère : C'est ça. Un bon vélo, et puis ça va mieux.
Un bon frigo, un bon chauffage. Et puis de l'argent.
Mais j'ai rien. Dans toute ma vie, il n'y a que toi de
positif, Ernesto.

Ernesto : Avant, je pensais que quand je serais
grand, je trouverais tous ces biens matériels, pour
toi. Je ne le pense plus. On peut pas rattraper les
parents.

Silence.

La mère : Ça m'intéresse pas beaucoup la vie... Ça
m'a jamais vraiment intéressée... Tu le savais aussi,
ça, Ernestino ?

Ernesto : Rapport à toi j'ai toujours su quelque
chose comme ça, oui...

Silence.

Ernesto : Je regrette beaucoup maman. Quand on
pourrait leur donner, ils sont trop vieux les parents,
ils veulent plus s'embarrasser de rien... Ce qui fait
qu'on a toujours des relations retardées. Je voulais te
dire maman, j'ai grandi très vite exprès pour rattraper la différence entre toi et moi, ça a servi à rien...

La mère regarde cet enfant fou, Ernesto.

La mère : C'est vrai que tu es immense Ernestino...

Ernesto : Si je veux on me prend pour un enfant de
quarante ans de philosophie. Je peux gagner ma vie
comme ça si je veux. Faut plus avoir peur de manquer.

La mère : Tu crois...

Ernesto : Ouais.

Silence. Ernesto détourne les yeux du regard de sa mère.

Ernesto : Au fait où ils sont mes brothers et mes sisters ?

La mère : Sont au cirque, les pauvres.

Ernesto : C'est pourtant vrai.

La mère : Oui.

Silence.

La mère : Tu avais oublié ?

Ernesto : Un peu.

La mère : Pourquoi t'es pas au cirque, toi ?

Ernesto : Parce que le cirque ça m'a jamais intéressé m'man... Fallait bien que j'finisse par te l'dire une fois...

La mère : C'est ça que dès qu'il y avait les lions tu piquais du nez...

Ernesto : C'est ça...

La mère : Qu'est-ce que tu fais en ce moment Ernestino ?

Ernesto : La chimie m'man.

La mère regarde cet enfant, scandalisée tout à coup.

La mère : La chimie... Tu comprends la chimie maintenant ?

Ernesto : On comprend d'abord un petit peu... quelque chose... et puis tout. Au début, c'est lent et puis un jour on comprend tout. C'est d'un seul coup... c'est foudroyant.

Silence.

La mère, cherche : Ça fait combien de temps que tu vas plus à l'école Ernesto... ?

Ernesto : Ça fait trois mois. Tu sais ce que je fais m'man, je vais aux entrées des écoles, j'écoute ce qui s'raconte, alors après je sais. C'est fait.

La mère : Dis donc... dis donc Ernesto... oh la la...

Ernesto : Il y a le bon air. Puis ça va plus vite. On fait toutes les années en une fois. Ça y va... Faut pas t'en faire m'man.

La mère, épouvantée.

La mère, tout bas : Tu as fait toutes les années d'la communale en trois mois Ernesto !

Ernesto : Oui m'man. Maintenant faut que j'aille à Paris du côté des universités... C'est la logique.

La mère, voici, elle pleure.

La mère : Laisse-moi te regarder Ernesto.

Ernesto, crie : Pleure pas m'man, pleure pas j't'en supplie.

La mère : J'pleure plus, c'est fini...

Ernesto : Faut plus penser à Vladimir, laisse tomber Vladimir, Maman.

La mère : Oui. Faut plus.

Silence.

Ils ne se regardent plus. Ils regardent le sol. Puis Ernesto se relève du banc.

Ernesto, temps : ... Bon, je crois qu'il faut que j'aille chercher mes brothers et mes sisters. Ils sont durs à ramener les petits. Ça vous fuit dans les mains... Des vrais petits poissons...

Ernesto est sorti.

La mère est restée seule. Elle est éblouie, elle est

épouvantée, elle pleure. Puis elle crie. Elle rappelle Ernesto.

Ernesto revient et la regarde pleurer en silence. Puis il lui dit :

Ernesto : Je voulais te dire m'man... moi aussi j'ai peur...

La mère, elle crie : Non... non... faut pas Ernesto... pas toi... Surtout pas toi...

Les brothers et les sisters, quand ils étaient tout petits, Ernesto leur disait : Si vous traversez l'auto-route, même une fois, la mère, elle me tuera.

Jamais ils ne l'avaient traversée en réalité.

Cette année-ci, cette année de Jeanne et d'Ernesto, quand leur douleur s'apaisait un peu de voir s'éloigner leurs aînés adorés, chaque jour, pendant quelques mois, ils avaient continué à aller voir par là, du côté de cette autoroute, toujours de ce même côté calme, celui qu'ils habitaient. Vitry-sur-Seine.

Mais les plus grands, ceux qui les surveillaient après Jeanne et Ernesto, eux, ils commençaient déjà à regarder cette autre ville de l'autre côté de la Seine où ils n'étaient jamais allés et dont ils ignoraient même le nom.

Et puis, un jour, cet été-là, les brothers et les sisters avaient abandonné l'autoroute. Le grand trou vide de leur enfance, cette plage de ciment noir, un jour,

94

tous les enfants de Vitry les avaient quittés. Parce que la peur de cette autoroute interdite avait trop duré et qu'elle ne s'était jamais confirmée, que tous les enfants de Vitry attendaient — dans le désespoir croyaient-ils, la destruction de la plage noire de leur enfance.

Maintenant c'était dans le haut des collines de Vitry, à partir des rues Berlioz et du Génie, de Bizet et d'Offenbach, de Mozart, Schubert et Messager, dans la cour des immeubles, dans les sentes qui couraient entre les villas ou dans les broussailles des pentes de la vieille autoroute qu'ils retrouvaient l'aventure, le jeu de la peur, déjà lointain, de se perdre les uns les autres dans Vitry quand venait la nuit, ou dans Vitry éclairée et vidée par la chaleur, immobile, vidée de ses habitants, sortie tout droit des lectures du livre brûlé, de ces jardins des rois de Jérusalem où il ne faisait jamais nuit.

Le père et la mère dans la cuisine. Ils sont seuls. La lumière est plus douce. Elle est celle de la fin d'un jour de mai.

La mère : ... Ça me chavire, Emilio... (temps). Tu sais où il en est maintenant... À la chimie... Tout seul... Il lit la chimie et il comprend la chimie...

Le père : Il entend et il comprend. Je l'ai vu derrière les murs... au lycée Victor Hugo... c'était un cours sur l'éther... $(C_2H_5)_2O$... il écoutait. Il m'avait pas vu. C'était comme un inconnu.

La mère : Un inconnu...

Le père : Oui.

Silence.

La mère : Enrico, je voulais pas te le dire mais les lycées aussi c'est fini... Dans deux semaines ce sera fini... Maintenant c'est les universités... Il va aller à Paris, du côté des universités...

Tous les deux se taisent. Ils ont peur. Ils ne le disent plus. Leur peur les effraie.

Le père : Où c'est qu'il va arriver comme ça... cet enfant... ce petit enfant... Faut plus qu'on pleure Ginetta... C'est mieux ça plutôt qu'il soit mort, c'est c'qu'il faut s'dire.

Ils se taisent longtemps. C'est la mère qui recommence à parler.

La mère, lent : Je voulais te dire Emilio... Moi je pleure pas seulement pour pleurer, Emilio. C'est que j'ai le cœur gonflé aussi... ça m'émotionne beaucoup... l'intelligence c'est si loin de nous et voilà qu'on l'a enfantée.

Le père : Moi je pense aux autres aussi... Tous ces petits enfants... cette série de petits enfants...

Silence.

La mère, consolante : C'est pas le cas de pleurer sur ceux-là Emilio... On sait jamais, ils sont trop petits encore... mais ceux-là, probable qu'ils iront pas chercher ailleurs... eh bien ceux-là, ils resteront là, seront des gens de Vitry, et puis voilà... c'est pas une affaire...

Silence.

Le père : Tu veux dire que Ernesto il partira...

La mère : Tu le sais.

Le père : Loin de la France.

La mère : Partout. Tu le sais aussi Emilio.

Le père : À cause de c'savoir...

Silence.

La mère : Il y aurait que ce savoir-là ce serait déjà obligé.

Le père : Tais-toi Emilia...

Silence.

La mère : La petite, elle partira aussi.

Le père : Elle est d'un tempérament à partir, elle aussi... La petite... c'est impossible à supporter... la petite, plus l'avoir là... c'est impossible, terrible, terrible...

La mère hésite et le dit.

La mère : Il y a pas qu'ça Emilio, tu le sais.

Le père dit qu'il le sait.

Encore des larmes. Le père encore pleure. La mère prend la main du père pour essayer de prendre sa souffrance.

La mère : C'est un très grand bonheur pour moi Emilio.

Silence. Le père ne sait plus que pleurer.

La mère prend Emilio dans ses bras. Elle détourne son visage du sien.

La mère : Écoute Emilio... si la petite, elle est empêchée d'Ernesto, elle se supprimera.

Silence. Puis le père demande dans un gémissement :

Le père : Comment tu sais une chose pareille ?

La mère : Parce que j'aurais fait pareil si on m'avait empêchée de toi.

Ils s'enlacent.

Le père : Que c'est dur Emilia, que c'est dur...

La mère : On peut plus rien Emilio. Un jour les enfants ils partent, et c'est le deuil.

Silence.

La mère : Je vais t'avouer quelque chose Enrico... Quand ils étaient tout petits... quelquefois j'aurais été pour les abandonner, je te l'ai jamais dit.

Le père : Je m'en suis douté quelquefois...

La mère : Je voulais vous laisser. Jamais revenir.

Le père : Tu as toujours trop demandé à la vie Ginetta.

La mère : C'était pas ça Emilio. Je sais pas ce que c'était.

Silence.

La mère : Encore maintenant je sais pas encore.

Ernesto et Jeanne ont laissé les sisters et les brothers dans le champ de luzerne. Ils sont dans le chemin, devant la casa. Derrière les vitres de la cuisine le père et la mère les regardent. Ils n'entendent pas leurs paroles.

Jeanne : L'instituteur, il a prévenu le ministère de l'Éducation nationale. Le Ministre il a convoqué le maire. Il y avait aussi un autre homme de Paris. Ils ont parlé ensemble, ils étaient d'accord pour t'envoyer en Amérique dans une école de mathématiques supérieures. Pour après faire le professeur.

Silence.

Ernesto : Il y avait qui dans la cuisine ?

Jeanne : Il y avait notre mère et moi. Le père il était pas là.

Silence.

Ernesto : Elle a rien dit ?

Jeanne : Rien. Notre père ça sera pareil. Quoi ils diraient ?

Silence.

Jeanne, elle croit qu'il ne faut pas parler de ça aux brothers et aux sisters.

Il fait encore clair. Jeanne et Ernesto ne vont pas rejoindre leurs brothers et leurs sisters. Ils ne se demandent pas pourquoi. Ils ne se demandent plus rien. Avant, avant de savoir, quelquefois ils parlaient de Dieu. Maintenant, non. Ce manque à parler de Dieu vient de Jeanne, maintenant il est abrupt sur le silence et il devient le danger. Cependant ils ne résistent pas à ce besoin d'être ensemble tout au long du jour et de la nuit. Ernesto est seul devant Jeanne. Et Jeanne est devenue maintenant celle qui se tait, farouche, celle qui fait peur.

Ce qu'ils savent dans le silence c'est qu'ils vont ensemble vers un événement qui semble encore lointain mais déjà inévitable. Une sorte de fin, de mort. Que peut-être ils ne partageront pas.

Ce soir-là ils ont quitté les collines et ils ont pris la grande pente qui mène à l'autoroute. Ils reviennent avec le coucher du soleil. C'est quand ils traversent la route vers l'appentis que le père et la mère traversent la route à leur tour. Ils sont dans leur tenue de sortie. La mère a son petit bonnet bleu, le père, la casquette anglaise trouvée dans un train. Ils passent près d'Ernesto et de Jeanne sans les regarder, comme s'ils ne les avaient pas vus. Ils se tiennent par le bras, ils marchent vite, ils savent que ça va crier vers l'appentis. Ils passent devant l'appentis. Quand les cris, les hurlements des brothers et des sisters arrivent jusqu'à eux ils l'ont déjà dépassé.

Ernesto et Jeanne rejoignent les brothers et les sisters dans l'appentis. Vous voyez bien qu'on était là, crie Ernesto, espèces de petits cons.

Avant, Ernesto et Jeanne pleuraient avec les brothers et les sisters chaque fois que les parents partaient pour le centre-ville.

Maintenant Jeanne et Ernesto ne pleurent plus avec les brothers et les sisters. Un jour ça a été fini.

Les brothers et les sisters, eux, pleurent de plus en plus souvent, mais tout bas. Ils ne se plaignent plus de rien. Ils sont au dehors de l'appentis beaucoup moins souvent comme s'ils craignaient que des dangers et de la douleur les y attendent. Mais ils ne disent jamais rien sur les causes de cet empêchement à vivre qui les menace. Ils s'endorment aussi de plus en plus souvent dans l'appentis. Obligé pour Jeanne d'aller les chercher et de les ramener un à un dans le dortoir.

Quelquefois les brothers et les sisters, on dirait des petits animaux agglutinés les uns aux autres dans le sommeil, leurs cheveux les recouvrent de blondeur, leurs petits pieds sortent de dessous le tas. Quelquefois ils sont épars comme des petits enfants qu'on aurait jetés là dans un coin. Quelquefois on dirait qu'ils ont cent ans, qu'ils ne savent plus rien de comment on vit, de comment on joue, de comment on rit. Ils regardent beaucoup Jeanne et Ernesto quand ils s'éloignent chaque jour un peu plus de l'appentis. Ils pleurent tout bas. Ils disent rien de ça qu'ils pleurent, mais rien. Ils disent : c'est rien, ça va passer.

L'instituteur est venu voir Ernesto dans l'appentis.

L'instituteur parle du printemps resplendissant. Puis il parle d'autre chose.

L'instituteur : L'école, Monsieur Ernesto, vous n'y reviendrez plus... ?

Ernesto ne sait pas comment le dire.

Ernesto : C'est-à-dire... L'école, c'est déjà un peu dépassé Monsieur...

Silence.

L'instituteur : Je le sais, Monsieur Ernesto. Je l'ai su dès que je vous ai vu... Excusez-moi, Monsieur Ernesto. Mais lire et écrire, Monsieur Ernesto... Vous en êtes à une lecture très avancée, très difficile. C'est le seul problème qui vous reste... cette mise au point.

L'instituteur est intimidé, il sourit à Ernesto.

Ernesto : Excusez-moi Monsieur mais... non... parce que lire... sans le savoir... je savais déjà... avant... alors voyez...

L'instituteur : Comment... Je ne voudrais pas vous ennuyer...

Ernesto : Eh bien, j'ai ouvert ce livre et puis j'ai lu... Vous vous souvenez Monsieur, non ? Ce livre brûlé... ? pour que vous vérifiiez si je m'étais pas trompé... ?

L'instituteur : Oui... oui... c'était l'histoire d'un roi... ?

Ernesto : Oui... c'est ça... c'est comme ça que j'ai su que je savais lire...

Silence.

L'instituteur : Juif. Un roi juif.

Ernesto : Juif... ?

L'instituteur : Oui.

Silence.

L'instituteur : ... Oui... « Vanité des vanités et poursuite du vent... »

Ernesto : Oui.

L'instituteur : Pourquoi le vent Monsieur Ernesto ?

Ernesto : C'est l'esprit, le vent, Monsieur, c'est le même mot.

L'instituteur : C'est vrai. Partout n'est-ce-pas ?

Ernesto : Oui.

L'instituteur se tait longuement. Il regarde Ernesto. Il s'est mis à aimer Ernesto et Jeanne ensemble d'un amour très fort, irrésistible.

L'instituteur : Et écrire, Monsieur Ernesto ?

Ernesto : Ça a été pareil Monsieur. J'ai pris un bout de crayon et puis j'ai écrit. Monsieur, comment vous l'expliquez ça ?

Silence.

L'instituteur : C'est inexplicable. Je ne me l'explique donc pas. Et vous, comment l'expliquez-vous, Monsieur Ernesto ?

Ernesto : Moi je m'en fous, Monsieur.

L'instituteur : C'est vrai.

Silence. Ils se sourient.

Ils se taisent longtemps comme quelquefois ils font. Et puis l'instituteur parle.

L'instituteur : Les premiers mots que vous avez écrits c'était quoi ?

Silence. Ernesto hésite.

Ernesto : C'était pour ma sœur.

Silence.

Ernesto : J'écrivais que je l'aimais.

Ernesto parle très lentement, on dirait qu'il ne voit pas l'instituteur, qu'il est seul.

L'instituteur, il hésite et le dit : Mais votre sœur... à ce moment-là... elle était censée ne savoir ni lire ni écrire.

Ernesto : Elle savait ce que j'avais écrit sur le papier.

L'instituteur : Comment est-ce possible ?

Ernesto : Elle l'a peut-être montré à d'autres gens dans le village. Moi je crois que non, je crois qu'elle l'a lu comme moi je l'avais écrit, sans le savoir en quelque sorte, vous voyez...

L'instituteur, hésite et le dit encore : Vous avez raison Monsieur Ernesto. À ce moment-là déjà,

Jeanne savait lire. Silence. L'instituteur reprend. À voix un peu plus forte.

L'instituteur : Jeanne, elle savait lire, Monsieur Ernesto, comme vous, avant d'apprendre à lire... Jeanne... c'est vous, Monsieur Ernesto... Vous. La même origine.

Ernesto ne répond pas.

L'instituteur dit que si Ernesto s'en va, il s'occupera de faire poursuivre ses études à Jeanne.

Ernesto ne répond pas à l'instituteur. Il devient distrait comme lorsque la folie s'approche de lui.

L'instituteur : Pardon, Monsieur Ernesto... Vous lui disiez quoi dans cette lettre... que vous l'aimiez plus qu'elle ne pouvait le croire ?... que vous l'aimiez autrement ?

Ernesto : Oui. Que je l'aimais d'amour. Je lui disais que c'était d'amour que je l'aimais.

L'instituteur, dit tout bas : Je le savais. (il hésite, il sourit, il est dans une grande émotion). Je voulais seulement vous entendre prononcer ce mot.

Ernesto se tait. Il est bouleversé parce que jamais il n'a parlé de Jeanne avec personne, même pas avec la mère, même pas avec Jeanne elle-même.

Ernesto revient à la mère. Il dit que elle, c'est le père qui lui avait appris à lire quand ils s'étaient connus, mais qu'avant lui elle avait déjà eu des leçons à la mairie quand elle y travaillait. Ça avait été facile. Très vite après les leçons du père elle avait commencé à lire les livres.

Ils se taisent encore longtemps puis l'instituteur parle de sa visite à la mère.

L'instituteur : Je suis allé voir votre mère, Monsieur Ernesto... Votre mère a peur, Monsieur Ernesto... vous le saviez ?

Ernesto est inquiet tout à coup.

Ernesto : Elle vous l'a dit ?

L'instituteur : Non... c'est votre père... il m'a téléphoné... De quoi a-t-elle peur d'après vous, Monsieur Ernesto ?

Ernesto : De ma peur, je crois, Monsieur.

Silence. Ernesto est en allé loin vers sa mère. Il ferme les yeux pour mieux la voir.

Ernesto : Je crois qu'elle a peur de ma peur. Moi aussi j'ai peur. Je crois qu'on a la même peur, elle et moi.

Silence.

Ernesto : J'avais dans l'idée que c'était dans la chimie que je découvrirais le défaut par où sortir, retrouver le dehors, l'air. Vous voyez, Monsieur. Mais non. Et ma mère elle voit que la peur me prend. Elle a la même peur que la mienne avec son ignorance.

Silence.

L'instituteur hésite et puis il se décide.

L'instituteur : Pour le livre brûlé... dites-moi Monsieur Ernesto...

Ernesto, cherche comment dire : Avec ce livre... justement... c'est comme si la connaissance changeait de visage, Monsieur... Dès lors qu'on est entré dans cette sorte de lumière du livre... on vit dans l'éblouissement... (Ernesto sourit). Excusez-moi... c'est difficile à dire... Ici les mots ne changent pas de forme mais de sens... de fonction... Vous voyez, ils n'ont plus de sens à eux, ils renvoient à d'autres mots qu'on ne connaît pas, qu'on n'a jamais lus ni entendus... dont on n'a jamais vu la forme mais dont on ressent... dont on soupçonne... la place vide en soi... ou dans l'univers... je ne sais pas...

Ils se taisent. Et puis Ernesto revient à sa mère et il rit. Et il dit.

Ernesto : Vous voyez, ma mère, qui n'a aucune espèce de connaissance apprise, rien, elle éprouve pourtant cette peur, allez y comprendre quelque chose...

L'instituteur, ce soir-là, il reste là avec Ernesto, dans l'appentis jusqu'à la nuit tombée, jusqu'à l'arrivée de la fraîcheur et celle des enfants. Alors, très gentiment Ernesto dit à l'instituteur qu'il devrait rentrer.

L'instituteur ne s'est pas excusé de rester encore. Peut-être a-t-il mal entendu ce qu'avait dit Ernesto. Il a recommencé à parler. Il a dit qu'il était malheureux, qu'il ne croyait plus à ce métier qu'il faisait, que c'était un moment comme ça, qu'il ne croyait plus à rien. Que seule leur compagnie, d'Ernesto et de Jeanne, des brothers et des sisters, le tenait en vie.

C'est la nuit noire. Les parents ne sont pas rentrés. Les brothers et les sisters ont pleuré, mais Jeanne a éteint la lumière du dortoir et ils ont fini par s'endormir.

C'est devant la porte du dortoir que se trouve le lit d'Ernesto. C'est là que dès le lever du soleil il peut lire les livres que lui procure l'instituteur, sans réveiller les brothers et les sisters.

Le lit de Jeanne se trouve également là, près du sien, dans cette même lumière nocturne. C'était la mère qui avait voulu quand elle était petite encore — après la visite au dispensaire de Vitry. Elle aurait pu se sauver, mettre le feu.

Cette nuit-là Ernesto s'est approché des alentours du corps de Jeanne, de la surface tiède de ses lèvres, de celle de ses paupières. Il l'a regardée longtemps. Quand il est retourné à son lit il a entendu les bruits de la nuit, les chants et les rires des alcooliques et des jeunes, les appels, les clameurs des cars de police sur la Nationale 7. De temps en temps le silence engloutissait ces bruits de la nuit. Le silence de Vitry venait toujours de la vallée et du fleuve. Les trains le massacraient, le bruit était long à disparaître et puis le silence revenait comme le bruit de la mer. Ernesto avait oublié les parents perdus dans le centre-ville. La nuit était devenue celle de Jeanne.

Les parents étaient revenus vers deux heures du matin. La mère chantait *La Neva*. C'était un grand chant, *La Neva*, très beau, sans plus de paroles. Jeanne s'était réveillée au son de *La Neva* qu'elle connaissait depuis sa naissance quand ses parents revenaient de Vitry centre-ville.

Bien des gens qui habitaient les villas le long de ce parcours-là vers Vitry centre-ville connaissaient *La Neva* sans paroles, sans savoir où ils l'avaient entendue, si c'était à la télévision ou dans les rues de Vitry chantée par des enfants d'immigrés. Mais beaucoup d'enfants non immigrés chantaient aussi *La Neva*. Alors c'était impossible de savoir d'où elle pouvait bien venir.

Ernesto aussi avait entendu la voix magnifique de la mère émerger de la nuit. Sans parole aucune, cette voix racontait le vaste et lent récit d'un amour, de l'amour des amants et aussi la splendeur du corps de leur enfant, cette Jeanne silencieuse qui écoutait aussi *La Neva* dans le dortoir obscur. Et aussi *La Neva* de la mère disait combien était difficile et terrible la vie, combien ces gens, les parents, étaient adorables et purs, et combien eux l'ignoraient elle le disait aussi. Et aussi que les enfants, eux, savaient ça.

Avec la voix de la mère la nuit s'était alourdie d'un bonheur sauvage, très violent, dont Ernesto avait su tout à coup que plus jamais il ne le retrouverait.

Cette nuit-là, Ernesto avait découvert que son départ de Vitry approchait, qu'il était dorénavant inévitable.

C'était cette même nuit que Jeanne était allée dans le lit d'Ernesto, elle s'était glissée contre le corps de son frère. Elle avait attendu qu'il se réveille. C'était cette nuit-là qu'ils s'étaient pris. Dans l'immobilité. Sans un baiser. Sans un mot.

Le printemps s'étend, lent et lourd, presque chaud. C'est un autre soir.

L'instituteur est devant l'appentis. Il regarde à l'intérieur. Il y a Ernesto et Jeanne avec leurs brothers and sisters. Ernesto lit à voix haute et lente, très claire, les passages restés intacts du livre brûlé.

Les brothers and sisters écoutent de toute leur force.

Il n'y a pas les parents. L'instituteur doit savoir ce qu'il en est de la passion des parents pour le centre-ville, comme tous les gens de ce quartier-là à Vitry Mais lui, déjà il commence à ne plus séparer les parents de leurs enfants.

L'instituteur vient voir Ernesto le soir. Il apporte des chewing-gums aux brothers et sisters. Les parents sont absents comme la plupart du temps, ils sont ensemble et ailleurs que là où sont les enfants. Ce que l'instituteur vient voir, il ne sait pas bien ce que c'est. Il va vers cela même qu'il ne cherche plus à comprendre. Il va vers ces gens comme il irait dans un pays nouveau, une campagne d'une grâce irrésistible, isolée du reste de Vitry, peuplée seulement de ces gens-là, les brothers et les sisters et des grands qui les gardent.

L'instituteur dit qu'il ne savait pas avant de connaître cette famille combien on pouvait s'attacher à des enfants, en être fou.

La sister après Jeanne, c'était Suzanna. Après Suzanna c'était Giorgio. Après Giorgio il y avait Paolo. Et puis Hortensia. Et puis Marco, cinq ans.

Quand il est libre l'après-midi l'instituteur vient dans l'appentis pour apprendre à lire et à écrire aux sisters et aux brothers. Jeanne vient elle aussi écouter les leçons de l'instituteur lorsque Ernesto est aux Universités de Paris.

Ernesto est au courant des leçons de l'instituteur. Il dit qu'il le savait, qu'un jour ou l'autre ça devait arriver. Que ses brothers et ses sisters un jour ou l'autre sauraient lire et écrire, il le sait depuis toujours.

Souvent l'instituteur parle à Giovanna — c'est ainsi qu'il appelle Jeanne — et à Ernesto de leurs petits brothers et sisters.

Quoique l'instituteur raconte des sisters et des brothers, Giovanna et Ernesto rient beaucoup. Ils

110

rient de tout ce qui peut arriver à leurs brothers and sisters, aussi bien en mal qu'en bien.

Ceux qui apprenaient le plus vite d'après l'instituteur c'était Suzanna et Paolo. Ceux pour lesquels il avait la plus grande affection c'était les deux tout petits derniers, Hortensia et Marco. Ceux-là, pendant la leçon, ils venaient dormir près de lui pour être sûrs de ne pas le perdre comme ils avaient perdu Giovanna et Ernesto et tout le reste.

À la porte de l'appentis il y a l'instituteur qui écoute sans bouger l'histoire du roi. La voix d'Ernesto est lente, très prononcée.

— Moi, fils de David et roi de Jérusalem, dit Ernesto.

— J'ai cherché raisonnablement à comprendre tout ce qui s'était fait sur la terre.

— C'est là une recherche pénible que Dieu a rendue possible à l'homme.

— Je l'ai faite.

La voix d'Ernesto est parfois celle d'un enfant.

— J'ai vu tout ce qui se fait sous le soleil, reprend Ernesto.

— J'ai vu.

— J'ai vu que tout est Vanité et Poursuite du Vent.

— J'ai vu que ce qui est courbé ne peut pas se redresser.

— J'ai vu que ce qui manque ne peut pas être compté.

Ernesto se repose.

— Je me suis dit ceci : j'ai surpassé en intelligence tous les rois d'Israël.
— J'ai vu beaucoup de sagesse et de retenue.
— Je me suis appliqué aussi à bien voir et bien comprendre même la sottise et la folie.
— Et j'ai compris que cela aussi était Vanité des Vanités. Et Poursuite du Vent.

Ernesto a fermé les yeux comme s'il souffrait.

L'instituteur avance vers l'appentis, il voit que Jeanne est là, allongée par terre, face à Ernesto.

L'instituteur voit qu'ils se regardent dans la totale ignorance d'être vus par lui.

Il fuit, il pleure d'émotion, il ne peut pas supporter de ne plus ignorer et à la fois de ne pas savoir.

L'instituteur est revenu. Encore une fois il attend Ernesto à l'extérieur, il n'entre pas dans l'appentis.

La voix qui chante, c'est celle de Jeanne. À la claire fontaine je me suis reposée... L'eau était si claire que je me suis baignée... Il y a longtemps que je t'aime, jamais je ne t'oublierai...

L'instituteur est bouleversé par la voix de Jeanne.

Ernesto est arrivé à la porte de l'appentis et il sourit à l'instituteur. Il ne voit pas que l'instituteur pleure.

L'instituteur : Excusez-moi, Monsieur Ernesto...

encore une fois je n'ai pas pu m'empêcher de venir...
avec le soir... je n'ai personne à Vitry, c'est le désert,
je n'ai que vous.

Ernesto : Mais Monsieur, pourquoi ne pas venir.

Ernesto s'approche de l'instituteur. L'instituteur
le regarde avec beaucoup de douceur.

Ernesto : Je voulais justement vous le dire, j'en suis
dans les derniers jours de la connaissance, Monsieur.

L'instituteur : Vous dites quoi, Monsieur Ernesto...
vous en êtes à quoi... ?

Ernesto : À la philosophie allemande. J'avais envie
de vous le dire...

L'instituteur reprend pour lui seul, tout bas, les
mots d'Ernesto.

L'instituteur : À la philosophie allemande...

Ernesto : Oui. Je ne vais pas tarder à m'arrêter.

L'instituteur se cache la figure dans ses mains, il
crie.

L'instituteur : Je suis un criminel, Monsieur
Ernesto... Vous êtes devenu fou...

Silence. Ernesto sourit à l'instituteur.

L'instituteur : Après... il n'y aurait plus rien... ?

Ernesto : Je le crois... Pour moi... je parle pour
moi... Pour moi, après, il n'y a plus rien... rien... que
la déduction mathématique... machinale...

L'instituteur, il crie tout bas : Rien... Ça clôt le
cycle... de ce côté-là du monde...

Ernesto sourit.

Ernesto : Ou ça l'ouvre... C'est comme on veut, vous
savez bien Monsieur.

L'instituteur : Non, je ne sais pas, je ne sais rien...
Qu'est-ce qui reste à votre avis Monsieur Ernesto...

Ernesto : Tout à coup, l'inexplicable... la musique... par exemple...

Ernesto regarde l'instituteur avec une grande douceur, il sourit.

L'instituteur sourit à son tour.

C'est dans la cuisine. Un journaliste vient d'arriver, il est dans la cuisine avec Jeanne. Il annonce qu'il est du Fi-Fi littéraire. Jeanne ne connaît pas ce journal. Le nom la fait rire.

Le journaliste : Les affaires étrangères ont pris contact avec nous... C'est vous, Mademoiselle, la sœur d'Ernesto ? Jeanne... c'est bien ça ?

Jeanne dit que oui, c'est ça.

Le journaliste : Excusez-moi, je suis un peu troublé... Vous êtes tellement... ravissante...

Jeanne rit. C'est encore le nom du journal qui la fait rire.

Jeanne : C'est comment votre nom de journal ? Le Ri-Ri littéraire ?

Le journaliste rit.

Le journaliste : Non, c'est le Fi-Fi.

Jeanne : C'est pour les enfants.

Le journaliste, il fait la moue : Pour ainsi dire... (temps). Je suis venu pour avoir... votre avis... sur votre frère. D'où lui viennent des idées pareilles à votre frère ? Vous avez un avis, vous ?

Jeanne, elle sourit : Non.

114

Le journaliste : Voyez... je me suis demandé s'il ne s'agissait pas d'un coup monté... d'un truc bidon comme on dit...

Jeanne : Je ne comprends pas ce que vous dites. Faudrait demander à mon frère...

Le journaliste : J'ose pas.

Jeanne sourit gentiment au journaliste du Fi-Fi.

Le journaliste : Excusez-moi... On peut se tromper... Alors il s'agirait d'une forme de révolte... de la découverte de l'injustice... immanente... du fait social en quelque sorte...

Jeanne : Je crois pas que ça intéresserait mon frère ce que vous dites.

Le journaliste : Excusez-moi... Mais... faut quand même dire les choses... est-ce que vous pourriez à la fois vivre de cette société et en dénoncer les rouages... le fonctionnement... ?

Elle est belle Jeanne. Elle n'est pas timide. Elle aime rire comme elle aime pleurer. Elle est fine aussi. Comme l'ambre, dit la mère. Elle dit, toujours gentiment :

Jeanne : Si vous venez pour ça, c'est pas la peine d'attendre, ici on n'a pas d'avis là-dessus :

Le journaliste accepte très bien les moqueries de Jeanne. Ils commencent à rire ensemble. Les deux.

Le journaliste : Vous avez fait de la sociologie, vous ?

Jeanne : Pas beaucoup... Ernesto non plus, mais quand même il en a fait plus que moi.

Le journaliste est éberlué.

Le journaliste : Eh bien dites donc... Vous avez quel âge, vous ?

Jeanne : Dix ans, bientôt onze, un an de moins qu'Ernesto.

Le journaliste la regarde et il rit beaucoup.

Le journaliste : Dites-moi... Il y a quelque chose qui ne va pas dans votre famille avec les chiffres. Onze ans, moi je dis : non. D'ailleurs, personne ne le croit dans le village. Ce qu'il y a c'est que vous vous foutez du monde, c'est tout.

Jeanne ne répond pas. Elle rit de voir rire le journaliste du Fi-Fi littéraire.

Le journaliste : Excusez-moi... mais... en quoi ça vous intéresse... vous tout ça...

Jeanne : Difficile...

Le journaliste : Difficile... comment... ?

Jeanne, net, court : Difficile à dire. Difficile à comprendre aussi...

Silence. Le journaliste regarde Jeanne longuement.

Le journaliste :... Tu es partie de l'école, toi aussi... ?

Jeanne : Si. J'y suis restée moins qu'Ernesto. Quatre jours. Lui dix jours. C'est pas mal. J'ai pas tenu loin d'Ernesto. On en était à Popol. « Papa punit Popol ». Tu connais ? Et à Madame Chevalier.

Le journaliste : ... Écoute-moi... Il faut que je fasse un papier... de toutes façons... alors... Dis-moi ce que tu veux... après tout... La barbe le Fi-Fi littéraire après tout...

Jeanne : Tu veux « Papa punit Popol » ou bien « Maman modernise son manoir » ? Je connais les vraies versions.

Le journaliste : Allons-y pour « Papa punit Popol ».

Jeanne : Écoute-moi bien... il faut bien suivre sans ça on comprend pas.

« Et pourquoi il punit Popol, papa ?

Papa a jamais puni Popol. Le maître, il invente que papa punit Popol pour que lui, le maître, il puisse dire : papa a puni Popol. Mais papa il a jamais puni Popol, jamais, jamais. »

Je connais pas la fin, dit Jeanne.

Le journaliste finit de copier ce que dicte Jeanne. Il le relit à voix basse tout en l'écrivant : Po Pol. Il commence à avoir le fou rire.

Le journaliste : C'est un peu court, ça... Tu n'aurais pas autre chose...

Jeanne : Il y a « Madame Chevalier »...

Le journaliste : Allons-y pour « Madame Chevalier »... Vas-y...

Jeanne : Eh bien voilà... « Madame Chevalier elle a un petit chien il s'appelle Riri Madame Chevalier un matin elle dit à Riri on va aller au marché il fait beau elle est bien contente elle rencontre Madame Duverger elle demande alors comment va votre petite fille puis elle rencontre Madame Stanley puis la concierge et à chaque fois elle dit comme il fait beau oh la la et voilà que tout à coup elle voit des prunes et elle dit oh j'oubliais j'étais venue au marché pour acheter des prunes que je suis distraite mon Dieu et toi Riri qui dis rien mais Riri il fait la tête parce qu'il aime pas les fruits aucun et Madame Chevalier elle le sait bien mais elle s'en fiche elle demande au marchand combien le kilo de prunes le marchand dit trois francs et elle dit oh la la qu'est-ce que c'est cher et elle achète dix kilos.

Question : Combien Madame Chevalier a-t-elle payé les dix kilos de prunes ? »

Le journaliste explose de rire et Jeanne rit avec lui.

Jeanne, en riant : ... C'est tout ce que je sais...

Le journaliste : C'est pas tous les jours qu'on rigole comme ça dans notre foutu métier. Surtout au Fi-Fi littéraire qui a cent ans de retard sur le reste du monde.

Il regarde Jeanne, le journaliste.

Le journaliste : Tu vas quelquefois à Paris.

Jeanne dit que non, jamais.

Il la regarde encore.

Le journaliste : T'as un amoureux...

Jeanne sourit.

Jeanne : Ouais.

Le journaliste : T'as vraiment onze ans ?

Jeanne : Ouais.

L'été avait été abordé d'un seul coup, brutal. Dès le réveil il a été là, immobile, triste. Le ciel est d'un mauvais bleu, la chaleur déjà accablante.

Un matin, il était encore très tôt, sept heures peut-être, un vacarme a envahi Vitry tout entier. Il venait du bas des coteaux de la vallée de la Seine.

Le père a dit qu'un jour ou l'autre ça devait arriver, que c'était fait, que c'était arrivé. On aurait dit qu'il parlait de la chaleur.

Dans les jours qui avaient précédé on avait vu

descendre de la Nationale 7 des cimenteuses bouygues, des excavatrices allemandes, des pelleteuses, des bulldozers. Des groupes électrogènes avaient suivi. Puis en dernier, des cars étaient arrivés pleins d'ouvriers de l'Afrique du Nord, de la Yougoslavie, de la Turquie.

Et puis, tout à coup, il y avait eu un silence. Pendant toute une partie de la journée aucun matériel ni personne n'était arrivé à Vitry. Sauf vers le soir. Presque à la nuit tombée, un véhicule nouveau, une sorte d'immeuble roulant en fer, de tank, d'une puissance inconnue est arrivé par la Nationale 7 et très lentement il est descendu vers le fleuve. Il est venu d'un autre pays que les autres machines industrielles.

C'est tard dans la matinée que la destruction de la vieille autoroute avait débuté. Sa mise à mort avait dit le père.

Même si on ne savait pas encore dans Vitry de quoi il s'agissait, dès les premiers coups sourds du pilonnage tout le monde avait compris qu'il ne pouvait s'agir que de la destruction définitive de la vieille autoroute de ciment noir.

Le soir du premier jour, le maire avait parlé aux populations de Vitry. Il avait annoncé l'essor de la ville, sa compétitivité prochaine. Les voies ferrées seraient déplacées afin d'agrandir la surface de la nouvelle zone industrielle. La ville, du même coup, allait être débarrassée des bidonvilles du bord de Seine, ainsi que des troquets et des maisons closes qui faisaient la honte des populations laborieuses de la région.

Il avait annoncé la construction de plusieurs immeubles sociaux — ces H.L.M. programmées depuis vingt ans.

Cette dernière nouvelle avait beaucoup abattu le père et la mère et Ernesto et Jeanne et les brothers et les sisters.

Pendant des semaines et des semaines l'agonie de la vieille autoroute avait ébranlé les coteaux de Vitry, les constructions fragiles des petites rues qui descendaient au port, les oiseaux, les chiens, les enfants.

Puis tout s'était tu.

Un nouveau silence s'était instauré, sans écho aucun. Le bruit de la mer, lui, avait disparu avec les populations étrangères chassées des rives du fleuve.

Un soir comme les autres, quand Ernesto revient de Paris, il y a dans la cour devant la maison, deux fauteuils de jardin en osier. Ils ont été déposés devant la haie en friche qui borde la cour de l'autre côté du cerisier. Ils sont comme s'ils avaient été oubliés là, dans cette position-là, l'un à côté de l'autre, tournés vers la rue, prêts à servir à ça, à regarder les passages des gens, des bicyclettes, du temps. Ce sont des fauteuils de parc, de terrasse, anciens, très chers sans doute déjà quand ils ont été achetés, très solides, très étrangers. L'osier brille comme s'il avait été ciré, peut-être ont-ils été nettoyés avant d'être oubliés là ou qui sait, avant d'être déposés là devant la casa.

Rien d'équivalent ne s'est jamais produit dans cette cour, dans toute l'histoire de la famille.

Cependant que ces fauteuils continuent à être là, réels jusqu'à l'irréalité, Ernesto se rend compte qu'aucun bruit ne vient de la casa, ni de l'appentis, ni du dortoir, ni, croit-il, de Vitry tout entière.

Alors il crie.

Tout à coup l'épouvante est là. Et sans qu'il le sache, Ernesto crie.

Jeanne arrive en courant, elle va vers Ernesto, elle a peur. Elle demande à Ernesto ce qu'il y a. Il ne sait pas tout d'abord. Puis il dit :

Je vous ai vus tous morts depuis mille ans.

Les brothers et les sisters avaient entendu le cri. Ils arrivent de l'appentis en courant. Ils ont eu peur eux aussi.

J'ai eu peur des fauteuils, dit Ernesto.

Il pleure. Les brothers et les sisters savent qu'Ernesto il est un peu fou. Alors ils parlent d'autre chose. Ils expliquent que c'était le père qui les avait trouvés dans les poubelles des bidonvilles abandonnés entre la Seine et l'autoroute. Il avait voulu les donner à la mère pour eux, la mère et lui, s'asseoir

dans la cour les soirs d'été mais la mère n'avait pas
voulu. Alors ils étaient partis en colère vers le centre-
ville.

Les grands brothers ont dit qu'ils allaient les
mettre dans l'appentis pour eux s'en servir, et l'instituteur aussi et Jeanne et toi aussi Ernesto.
Ernesto a dit qu'ils devaient avoir été volés ces
fauteuils, il y a très longtemps, et puis jetés, et puis
encore volés et ainsi de suite, et qu'ils faisaient bien
de les garder avec eux dans l'appentis.
Jeanne s'est assise comme une dame dans un des
fauteuils, et dans l'autre deux des petits brothers et
sisters. Ils étaient très contents d'avoir des fauteuils.

La cuisine est fermée. Elle est vide.
Ernesto sait que la mère s'est enfermée dans la
chambre. Ernesto parle avec elle.
Ernesto : Qu'est-ce que tu as ?
La mère a la voix lente, comme endormie.
La mère : J'ai rien... un petit peu de fatigue.
Ernesto : Tu es dans le noir...
La mère : Je préfère, tu vois... Quelquefois je pré-
fère...
Silence long.
La mère : Tu reviens de Paris, Ernesto ?
Ernesto : Oui. (temps). Mon père il est où ?
La mère : À l'autoroute, il est allé voir.
Silence.

La mère : Tu en es où Ernesto ?

Ernesto hésite, et puis il parle.

Ernesto, rire : Un peu partout... J'en suis à... un petit peu de philosophie... Un petit peu de mathématiques... un petit peu de ci... un petit peu de ça...

La mère : Et la chimie ? Tu n'as pas abandonné ?

Ernesto : Non. C'est fini. C'est tout.

La mère : C'est l'avenir, la chimie, non ?

Ernesto : Non.

La mère : Non. (temps). Qu'est-ce que c'est l'avenir ?

Ernesto : C'est demain.

Silence. Il y a une légère inquiétude dans la voix d'Ernesto.

Ernesto : M'man... qu'est-ce que tu as ?

Temps.

La mère : Rien. Je réfléchis, tu vois, un peu à ceci, un peu à cela... comme toi...

Ernesto : C'est comme si je te voyais... Tu regardes tes mains...

La mère : C'est vrai... je regarde souvent mes mains le soir... J'aime bien ce moment-là juste l'heure avant la nuit...

Silence.

Ernesto : T'es tranquille, là.

La mère : C'est ça... Je pense à moi mais pas au jour le jour, tu vois, mais dans l'principe... (silence) Ernesto, ça m'a appris beaucoup ce que tu disais l'autre soir, que c'était pas la peine... Ça m'a fait beaucoup de bien... la désolation elle est plus douce... et puis la solitude elle est plus naturelle on dirait...

123

Silence.

La mère sort de la chambre. Elle s'assied près d'Ernesto. Elle le regarde.

La mère : Ernesto... Je voulais te dire... Quelquefois, je crois que je te préfère aux autres, et ça me fait souffrir.

Ernesto, crie : Qu'est-ce que tu racontes ?

La mère : N'y pense plus Ernesto, oublie.

Ernesto : C'est la fatigue... C'est rien.

La mère : C'est vrai... C'est rien. (silence). Ernesto... pour l'histoire de l'école, Ernesto, ça va te poursuivre dans la vie... C'est un mauvais dossier de quitter l'école.

Ernesto : Non.

La mère : Tu crois ?

Ernesto : Je suis sûr. (temps). C'est fini tout ça.

La mère : Tu peux pas faire le plombier avec ce que tu sais... C'est impossible. (pas de réponse d'Ernesto). Toi, tu veux faire quoi ?

Ernesto : Rien.

La mère : Tu tiendras pas Ernesto, rien, personne peut.

Silence. Puis la mère crie.

La mère : Ernesto jure-moi que... ce que tu veux c'est pas... jure-moi Ernesto...

Ernesto : J'le jure m'man... je veux pas quelque chose de précis... même de terrible... Je veux rien. Rien. Tu comprends ça.

Silence.

La mère : Tu mens, Ernesto.

Silence.

Ernesto : Oui. Sauf avec Jeanne, je veux rien.

La mère : Avec elle, tu veux tout.

Ernesto ne répond pas.

La mère : Avec elle, tu veux mourir.

Silence.

La mère : Si tu veux pas répondre Ernesto, réponds pas.

Ernesto : Un jour, oui, on l'a voulu.

Silence. Lenteur.

Ernesto : Et puis un jour on l'a plus voulu.

Silence. La mère se retient de crier, ses mains tremblent.

La mère : C'était le jour comment quand vous l'avez voulu ?

Ernesto ne regarde pas sa mère.

Ernesto : Le lendemain... quand tu avais raconté le train de Sibérie avec ce voyageur... c'était la nuit après...

La mère, dans un murmure, appelle Dieu à son secours.

La mère : Parle encore Ernesto...

Ernesto : Elle a pas résisté... on pensait à rien... Après j'ai voulu Jeanne seulement... on voulait plus de la mort.

La mère attend toujours, décomposée par la peur.

Ernesto hésite et puis il dit la vérité.

Ernesto : Je ne sais pas pour Jeanne... je ne lui ai pas demandé. Je crois... c'était comme pour moi... mais je ne suis pas sûr... c'est difficile avec Jeanne de savoir.

La mère : C'est impossible, c'est vrai... il faut faire attention à Jeanne.

Ernesto : Oui.

La mère tremble sans pleurer. Il y a dans son regard de la douleur et de l'orgueil. Jeanne c'est elle, la mère.

Ernesto : J'aurais pas dû te le dire...

La mère : Non, tu n'aurais pas dû. Je n'aurais pas dû te demander...

Silence.

La mère : Laisse-moi maintenant Ernesto.

Ernesto : Oui.

Ernesto reste là. Il attend. Et la mère parle encore.

La mère : Jeanne, elle cherche à mourir, depuis toujours... quand elle était petite on le savait pas.

Ernesto : Elle ne le sait pas, c'est moi qui ai inventé. Elle sait rien.

La mère : Non. Elle sait.

C'est le crépuscule sur les coteaux de Vitry. On entend quelque chose comme une conversation entre la mère et Ernesto. Jeanne écoute en bas des marches de la cuisine. Les voix arrivent dans la cour vide, elles s'enfouissent profond vers les collines, elles traversent le cœur.

La mère : Tu as eu de l'espoir avec les études Ernesto ?

La voix de la mère est très lente, d'une abominable douceur.

Ernesto : Beaucoup d'espoir.

La voix d'Ernesto est aussi plus sombre, ralentie, dirait-on.

Silence de la mère.

La mère : Maintenant Ernesto, tu n'as plus d'espoir.

Ernesto : J'en ai plus.

Silence.

La mère : Du tout ? Ernesto, tu le jures, tu n'en as plus du tout...

L'hésitation d'Ernesto qui à la fin cède.

Ernesto : Du tout. Je le jure.

Pour Jeanne et Ernesto les choses, les jours n'ont plus la même durée, la même forme, le même sens. L'amour des brothers et des sisters n'a plus la même urgence. L'amour des parents est sans doute moins effrayant. Les collines adorées de Vitry sont maintenant éloignées du présent. Elles deviennent celles du passé des amants.

Ces changements sont à peine ressentis par Jeanne et Ernesto. Il s'agit de modifications très obscures, jamais énoncées, qui vont de soi, et de façon si naturelle, si cohérente, qu'il en est comme d'un devenir entier.

Rien n'est dit de ce mouvement, même entre Jeanne et Ernesto, jamais, et peut-être même ailleurs jamais rien n'est dit, même dans la chambre des parents, de ce qui traverse parfois les regards clairs de Jeanne et d'Ernesto. Le soir, au dîner, dans cette autre lumière verte et jaune des yeux de la mère, ce bonheur naissant se lit comme une douleur heureuse, oui, mais vaine aussi, comme s'il était dans la nature de ce sentiment de ne pas pouvoir être exprimé, d'en rester là, à cru sur le vide.

Un autre soir. Ces murmures ce sont les voix de Jeanne et d'Ernesto. Elles arrivent du couloir ouvert où ils dorment.

Jeanne : On le sait pas que Dieu n'existe pas.

Les voix de Jeanne et d'Ernesto sont douces, elles se ressemblent.

Ernesto : Non. On le dit seulement, mais on ne le sait pas. À quel point il n'existe pas, même toi, tu ne le sais pas.

Jeanne : Tu dis : il n'existe pas comme tu dirais qu'il existerait.

Silence.

Ernesto : Qu'est-ce que tu as dit ? Tu as dit comme s'il existerait.

Jeanne : Oui.

Silence.

Ernesto : Non.

Jeanne : Tu as dit : Dieu n'existe pas comme une fois tu avais dit : Dieu il existe.

Silence.

Jeanne : Si c'est possible qu'il n'existerait pas, alors il est possible qu'il existe.

Ernesto : Non.

Jeanne : Comment il existerait alors s'il n'existe pas.

Ernesto : Comme partout dans le monde, comme pour toi comme pour moi. C'est pas une question de : plus que ça ou de moins que ça ; ou de : comme si il existerait ou de : comme si il existerait pas, c'est une question, personne ne sait de quoi.

Silence.

Jeanne : Qu'est-ce que tu as Ernesto ?

Ernesto : La peur. Elle est pas fixe, elle augmente... Elle rend fou...

Jeanne : Ça fait souffrir...

Ernesto : Non.

Ernesto a posé ses mains sur le visage de sa sœur.

Ernesto : Pleure pas. Surtout, pleure pas.

Jeanne : Non.

Ernesto enlève ses mains du visage de Jeanne. Il les rassemble sur son visage à lui.

Jeanne : On va plus aller mourir ensemble toi et moi.

Ernesto : Non, on va plus. Tu le savais.

Jeanne : Oui.

Ernesto : Comment tu le savais ?

Jeanne : Par l'histoire du roi.

Silence. Jeanne et Ernesto se taisent. La maison est silencieuse. La nuit est là, très claire, c'est l'été, ce sont les nuits d'été qui commencent.

Jeanne : Quand tu partiras Ernesto, si je ne pars pas avec toi, je préfère que tu meures.

Ernesto : Séparés toi et moi, on sera comme des morts. C'est pareil.

Silence.

Jeanne : Tu partiras sans moi Ernesto... dis-le.

Ernesto : Oui, je partirai sans toi.

Silence.

Jeanne : Tu veux pas être heureux, Ernesto.

Ernesto : Je veux pas. C'est ça. (il crie.) Je veux pas.

Jeanne : On est pareils Ernesto.

Silence.

Jeanne : On est déjà morts, Ernesto, peut-être ?

Ernesto : Peut-être c'est fait. Oui.

Silence.

Ernesto : Chante-moi, Ernesto.

Ernesto, chante : Il y a longtemps que je t'aime, jamais je ne t'oublierai.

Jeanne : C'est toujours cet endroit de la chanson qui me fait pleurer.

Ernesto ne chante plus. Il dit tout bas : jamais.

Jeanne : Redis les paroles sans chanter, Ernesto.

Ernesto dit les paroles sans chanter.

Il y a longtemps que je t'aime, dit Ernesto. Jamais je ne t'oublierai.

Jeanne : Encore, Ernesto.

Ernesto dit les mots. Jeanne écoute chaque mot.

Ernesto : Sur la plus haute branche un rossignol chantait, chante rossignol chante si tu as le cœur gai.

Jeanne et Ernesto se regardent à travers les larmes.

Ernesto prend le visage de Jeanne et le met contre le sien. Il dit les paroles de la chanson dans le souffle et les larmes de Jeanne : À la claire fontaine je me suis promenée, l'eau en était si claire que je me suis baignée.

Dans son souffle mêlé au sien, dans leurs larmes,

Ernesto parle. Il y a longtemps que je t'aime, dit Ernesto.

Mille ans.

Le roi était là, demande Jeanne.

Oui. Il était là, il était encore dans sa jeunesse, plein de vigueur et de foi.

Silence.

Mille ans, tu disais, Ernesto.

Oui.

Ernesto se tait.

Ernesto chante encore.

Ernesto a cessé de chanter. Ils restent visage contre visage longtemps, sans un mouvement.

On est morts, dit Ernesto.

Jeanne ne répond pas, morte comme lui.

Dis encore les paroles, dit Jeanne.

Ernesto : Il y a longtemps que je t'aime, jamais je ne t'oublierai. Jamais.

Le journaliste fait irruption dans la casa. Il y a là la mère et le père. Il dit qu'il vient pour Ernesto. Qu'il est du Fi-Fi littéraire.

Il va rentrer bientôt ? demande le journaliste.

Devrait, dit le père.

Silence.

Le journaliste regarde ces gens, le père et la mère.

Le journaliste : Vous êtes les parents ?

Le père : C'est ça même, Monsieur.

Le journaliste s'incline.

Le journaliste : Enchanté... On peut savoir où est votre fils ?

Le père : Il est à ramasser des pommes de terre avec sa sœur, Monsieur.

Le journaliste sourit gentiment. Il cherche un prétexte pour qu'une conversation s'engage.

Le journaliste, malin : Tiens ça se ramasse les pommes de terre...

La mère : ... Non... mais comme le champ il a été hersé, les pommes de terre, elles remontent à la surface.

Ah, j'comprends, j'comprends, dit le journaliste.

Le père et la mère commencent à regarder le journaliste d'une façon suspecte.

La mère : L'avez jamais vu, Ernesto, Monsieur ?

Le journaliste : Jamais... L'est immense ?

La mère : Immense.

Le journaliste : Douze ans ?

La mère, de la main elle fait couci-couça : Douze ans... vingt-deux, vingt-trois ans, à mon avis. Pour Emilio demandez-lui.

Le journaliste : Vous vous fichez du monde ou quoi ?

Le père : Pour moi c'est douze ans, vingt-sept vingt-huit ans... comprenez jeune homme ?

La mère : C'est une question de quoi, nous on ne peut pas le dire.

Le père : C'est vrai, on saurait pas.

Le père est énergique aujourd'hui.

Le père : Et puis l'âge de nos enfants on n'a pas à nous le dicter, Monsieur.

Le journaliste commence à prendre l'accent des parents.

Le journaliste : S'cusez-moi...

La mère : C'est rien.

Le journaliste : Ça avancerait mon travail... de savoir... un peu plus... Si ça ne vous ennuie pas trop... Est-ce que je peux vous demander ce que vous faites, Monsieur ?

Le père : Je fais rien, Monsieur. Invalidité.

Le journaliste : Tiens... et à quel titre, si je puis me permettre, Monsieur ?

Le père : Incapacité. Je vous répète ce qu'on m'a dit.

Le journaliste, léger : ... Une zone du cerveau qui fonctionnait mal, sans doute...

La mère : Moi, je crois comme vous. Une panne.

Le journaliste, à la mère : C'est une chose désagréable pour vous, Madame.

La mère : Non, je dois dire, non non... (silence). Et vous Monsieur ?

Le journaliste : Moi rien Madame... merci.

Ils se taisent tous les trois. Vide général.

Le journaliste : Vous pouvez me dire un mot sur vos ressources.

La mère : On a des pensions, des allocations, des primes aussi. Vous voyez, Monsieur, rien d'extraordinaire, mais ça peut aller.

Silence.

Le journaliste est pris d'un fou rire.

Le journaliste : Et les primes d'encouragement, vous en avez aussi, Madame ?

La mère : Faudrait que je vérifie, comme ça je ne sais pas tout de suite... D'encouragement à quoi, Monsieur ?

Le journaliste : Je ne sais pas... À la natalité...

Ils rient tous les trois.

Le journaliste : J'connais vot' fille, vous savez...

Le père et la mère, ensemble : Ah c'est vous... ah c'est vous... le rigolo...

Le journaliste : Ouais.

Il regarde la mère avec attention.

Le journaliste : Elle sera aussi belle que vous, la Jeanne... c'est pas peu dire... c'qu'elle est belle c't'enfant...

Le père : Puis fine elle aussi...

Le journaliste, soupire : Passons... (temps). Votre fils est un cas qui passionne la France entière, vous l'savez...? C'est l'instituteur de Vitry qui en parle partout. Il a même fait un rapport pédagogique au ministère de l'Éducation Nationale. C'est lui qui raconte son histoire, partout, partout... Fait carrière avec ça, l'mec.

La mère : Quelle histoire ? N'a aucune histoire, mon fils.

Le journaliste : Sa phrase, Madame. Cette phrase fameuse, la France entière cherche ce qu'elle peut bien vouloir dire. C'est pour ça que je suis là, Madame, pour essayer d'percer c'mystère.

La mère : Moi ça arrive que je la comprends. Et puis ça passe. D'un coup je la comprends plus du tout. Mais alors, rien...

Le père : C'est vrai que de temps en temps, elle, elle la comprend c'te phrase.

La mère : Quelquefois cette phrase, elle me paraît très très supérieure et quelquefois c'est zéro. Voilà, vous savez tout.

Le journaliste attend une explication qui ne vient pas.

Le journaliste explose de contentement tout à coup.

Le journaliste : Je voulais vous demander justement quand... quand vous avez compris la personnalité hors du commun de votre fils ?

Silence.

Les parents se regardent, étonnés du contentement du journaliste.

La mère : Il faudrait que je réfléchisse, Monsieur... Je n'sais pas.

Le journaliste : Est-ce qu'il se serait passé un petit quelque chose, Madame... un événement minuscule suffirait, un détail... qui vous aurait frappée...

Le père : Les ciseaux à découper, peut-être bien que ça irait...

La mère : Ah, oui... attendez...

La mère se souvient tout à fait.

La mère : Ah, oui, un jour, il avait trois ans, il arrive, il pleure, il crie : Je trouve pas mes ciseaux à découper je trouve pas mes ciseaux à découper... Je lui dis, t'as qu'à réfléchir où tu les as mis. Il crie : Je peux pas réfléchir, je peux pas réfléchir. Alors moi je dis : Ça alors c'est la meilleure. Et pourquoi tu peux pas réfléchir ? Alors, c'est là qu'il dit : Je peux pas réfléchir parce que si je réfléchis, je crois que je les ai foutus par la fenêtre.

Silence. Vide général.

Le journaliste : S'cusez-moi Madame, mais... même si vous étiez sacrément intelligente, comment auriez-vous pu reconnaître ici le génie de votre fils ?

Silence.

La mère : Ça y est j'comprends plus ce que vous dites tout d'un coup Monsieur. C'est ennuyeux à la fin.

Soupir du journaliste. Silence. Réflexion. Puis le journaliste parle. L'accent des parents s'est aggravé chez le journaliste.

Le journaliste : J'veux dire, Madame, que c'te histoire-là, des ciseaux à découper, elle a rien à voir avec celle-ci, c'te mise en doute d'la connaissance générale...

Le père : On n'est pas dépourvus d'intelligence, ma femme et moi, attention à ce que vous dites, Monsieur.

Le journaliste : S'cusez-moi Madame, Monsieur, ce que j'veux dire c'est que dans l'cas où elle le serait pas, intelligente, elle aurait été émerveillée pareil, par n'importe quelle histoire genre ciseaux à découper, du moment que celle-ci, elle venait d'son fils.

Silence, puis la mère parle.

La mère : Monsieur, ce n'est pas comme ça qu'il faut raisonner. J'croyais que vous aviez compris d'quoi il s'agit. Écoutez-moi : la phrase d'Ernesto, personne peut la comprendre, personne. Sauf moi. Parce que moi, justement, c'te phrase, j'peux pas l'expliquer.

Silence. Vide général. État de nouveau découragé du journaliste.

Le journaliste : On a parlé d'la porosité du monde à propos de vot' fils... On a dit qu'le monde était poreux et que le savoir, même s'il n'était pas enseigné, il s'rait en que'que sorte sécrété par le monde... Que l'école, c'était beaucoup moins important qu'on croyait avant... Vous avez un avis ?

Le père : Aucun. Mais quelle barbe, Monsieur, cette façon de vous exprimer.

La mère : Aucun avis, moi non plus... Si ça peut vous calmer, Monsieur.

Le journaliste : Mais c'te phrase...

Le père, buté : Quelle phrase ?

La mère, butée : Quelle phrase à la fin des fins ?

Le père : Enfin Monsieur... Tenez-vous au courant... R'gardez les naufragés... maintenant ils tiennent six semaines sans vivres et sans eau... en pleine mer... à boire salé... depuis mille ans on disait que c'était pas possible, eh bien on a essayé, eh bien c'est possible... La phrase de not'garçon, c'est pareil, peut-être qu'un jour elle voudra dire beaucoup...

Le journaliste, hors de lui : Dites donc, ça continue, ou plutôt ça recommence...

La mère : Quoi, Monsieur, quoi recommence ? Si vous n'êtes pas content, Monsieur, retournez dans votre maison... allez vous coucher à la fin.

Silence. Vide général de nouveau.

Puis la mère regarde par la fenêtre et annonce le retour d'Ernesto et de Jeanne.

La mère : Tiens, les v'là nos enfants adorés.

Ernesto et Jeanne arrivent dans la cuisine.

Ernesto porte un petit sac de pommes de terre qu'il pose sur la table. Jeanne porte rien. Ils se sourient, le journaliste et Jeanne.

Le journaliste est stupéfait par la taille d'Ernesto.

Le journaliste : Eh, bien, dites donc, douze ans...

La mère : Ouais...

Le journaliste salue Jeanne et Ernesto. Il veut en finir avec les parents.

Le journaliste, prend le bras d'Ernesto, il lui parle tout bas : Est-ce que je pourrais être seul avec vous, Monsieur Ernesto, une p'tite heure suffirait

Ernesto : Je préférerais qu'ils restent là, Monsieur.

Le journaliste : Ça sera comme vous voudrez, Monsieur, je disais ça comme ça...

Ernesto : C'est pour la phrase.

Le journaliste : Oui.

Ernesto sourit.

Ernesto : Écoutez, s'il y a des gens qui peuvent comprendre cette phrase, c'est eux, nos parents. Ils la comprennent à un tel point qu'ils n'peuvent pas en dire un mot.

Silence.

Le journaliste : Et vous, Monsieur Ernesto ?

Ernesto : Moi, il m'semble que je l'ai comprise avant, quand je l'ai dite.

Silence.

Ernesto : Maintenant... je ne la comprends peut-être plus.

Silence.

Le journaliste : Ça peut arriver des choses comme ça.

Ernesto : Oui, voyez...

Silence.

Le journaliste : Oui... Où en êtes-vous de vos études, Monsieur Ernesto ?

Ernesto : Elles seront bientôt terminées, Monsieur.

Émotion intense du journaliste.

Le journaliste, il bafouille : Oh, je vous demande pardon, Monsieur Ernesto... Je ne savais pas... Quand croyez-vous qu'elles seront terminées ?

Ernesto : Quelques semaines peut-être.

Silence.

Le journaliste : Tout.

Ernesto, sourit : Oui.

Le journaliste : Mais... vous... Monsieur Ernesto. vous ?

Ernesto : Moi, rien.

Le journaliste s'arrête de parler. Il est suffoqué par la sincérité d'Ernesto. Il perd l'accent des parents.

Le journaliste : Les limites de la science reculent bien chaque jour, on le dit du moins...

Ernesto : Non. C'est fixe.

Le journaliste : Vous voulez dire, Monsieur Ernesto... que... tant que l'homme cherchera Dieu ce sera fixe ?

Ernesto : Oui.

Le journaliste : Dieu serait donc le problème majeur de l'humanité ?

Ernesto : Oui. La seule pensée de l'humanité, c'est ce manque à penser là, Dieu.

Le journaliste : Le problème majeur de l'humanité ne serait plus la sauvegarde, la sauvegarde de l'humanité ?...

Ernesto : Non, c'est zéro. Elle ne l'a jamais été. On l'a cru longtemps, mais elle l'a jamais été.

Silence.

Le journaliste : Parlez-moi encore, Monsieur Ernesto.

Ernesto : De quoi Monsieur ?

Le journaliste : De ce que vous voudrez Monsieur Ernesto...

Silence. Puis Ernesto parle.

Ernesto : Nous sommes d'origine italienne.

Arrêt. Silence.

Le journaliste : Les autres enfants ne font pas d'études ?

Ernesto : Non. Aucun.

Le journaliste : Aucun... Excusez-moi, Monsieur Ernesto, mais comment se fait-il... ?

Ernesto : C'est très... très difficile à exprimer, Monsieur, je m'excuse... Ce que je peux dire c'est que nous sommes des enfants d'une façon générale, vous voyez.

Le journaliste se met à comprendre Ernesto tout à coup.

Le journaliste : J'aperçois quelque chose... ce serait dans la logique des choses si j'ai bien compris...

Ernesto : C'est ça Monsieur. Dans la famille de ma mère, ils étaient onze. Dans la famille de mon père, ils étaient neuf. Nous on est sept. Je vous ai dit le principal.

Le journaliste : Et tout ça c'était déjà pour rien...

Ernesto : C'était pas la peine en effet... encore moins la peine que d'habitude.

Le journaliste : On peut dire ça comme ça, si on veut, que c'était encore moins la peine que d'habitude...

Ernesto : Oui.

Silence.

Le journaliste essaie de faire se continuer la conversation avec Ernesto.

Le journaliste : Forte natalité... en Italie...

La mère : Très forte.

Le journaliste : D'où vient-on en Italie ?

Le père : D'la vallée du Pô.

Le journaliste, s'écrie : Une merveille...

Le père : C'est ça. Avant tout, nous, c'est la vallée du Pô. Sous Napoléon déjà, on venait pour les vendanges.

Ernesto est redevenu absent.

L'instituteur arrive. Il ne va pas vers Ernesto. Il rejoint le journaliste. Ils se taisent.

C'est pendant ce silence très long de tous que la mère se met à chanter *La Neva,* sans paroles, très bas, comme lorsqu'elle est seule parfois ou en compagnie d'Emilio quand ils sont tous les deux dans une sorte de bonheur irraisonné et que les longues soirées d'été viennent de revenir.

Les petits brothers et sisters étaient arrivés à la casa dès qu'ils avaient entendu *La Neva* sans paroles. Ils l'entendaient toujours *La Neva* de la mère, même quand elle ne chantait pas fort.

D'abord ils s'étaient tenus à l'écart sur le perron, puis sans faire de bruit ils étaient entrés dans la cuisine. Les deux plus petits s'étaient assis aux pieds de la mère, les grands sur les bancs près de l'instituteur et du journaliste. Quand la mère chantait *La Neva — l'Air russe sur le Fleuve quand elle était Jeune —* les brothers et les sisters allaient à la casa pour écouter. Ils savaient que la mère ne les chasserait pas, même quand elle était ivre à rouler dans les fossés.

Ce soir comme d'habitude les brothers et les sisters ne savaient pas pourquoi la mère chantait. Ils savaient bien que quelque chose était arrivé, une fête on aurait dit, mais ils ne savaient pas pourquoi.

Ce soir-là, tout à coup, les paroles de *La Neva* étaient revenues à la mère sans qu'elle s'en rende compte. D'abord éparses dans le chant, et puis plus fréquentes et à la fin les phrases étaient entières, enchaînées les unes aux autres. Comme ivre était la mère ce soir-là, peut-être de chanter. Ce n'était pas du russe les paroles retrouvées, c'était un mélange d'un parler caucasien et d'un parler juif, d'une douceur d'avant les guerres, les charniers, les montagnes de morts.

C'est quand la mère a chanté plus bas qu'Ernesto a parlé du roi d'Israël.

Nous sommes des héros, disait le roi.
Tous les hommes sont des héros.

C'est lui le fils de David, le roi de Jérusalem, dit Ernesto. Celui de la Poursuite du Vent et de la Vanité des Vanités.
Ernesto hésite et le dit : notre roi.

Ernesto a mis la tête de Jeanne dans le creux de son bras et Jeanne a fermé les yeux.

Pendant un long moment, Ernesto regarde Jeanne et se tait tandis que la mère chante de nouveau à voix basse, le chant cette fois sans paroles.

Le roi, dit Ernesto, croyait que c'était dans la science qu'il trouverait le défaut de la vie.
La porte par où sortir de l'étouffante douleur,
le dehors.
Mais non.

Le chant de la mère est devenu très fort tout à coup.

Ernesto s'est allongé près de Jeanne.
Jeanne et Ernesto regardent la mère et l'écoutent dans un très grand bonheur.

Puis le chant baisse et Ernesto parle du roi d'Israël.

Moi, fils de David, roi de Jérusalem, j'ai perdu l'espoir, raconte Ernesto, j'ai regretté tout ce que j'avais espéré. Le mal. Le doute. L'incertitude de même que la certitude qui l'avait précédée.

Les pestes. J'ai regretté les pestes.

La recherche stérile de Dieu.

La faim. La misère et la faim.

Les guerres. J'ai regretté les guerres.

Le cérémonial de la vie.

Toutes les erreurs.

J'ai regretté le mensonge et le mal, le doute.

Les poèmes et les chants.

Le silence j'ai regretté.

Et aussi la luxure. Et le crime.

Ernesto s'arrête. Le chant de la mère reprend. Ernesto écoute encore. Mais il recommence encore à se souvenir du temps des rois d'Israël. À voix presque basse c'est à Jeanne qu'il parle.

La pensée il regretta, dit Ernesto. Et même la recherche si vaine qu'elle soit, si stérile.

Le vent.

Ernesto parle lentement, difficilement. On dirait que déjà il entre dans ces états que seules Jeanne et la mère connaissent, cette somnolence souriante qui fait peur parce que si proche du bonheur.

La nuit il regretta, continue Ernesto.
La mort.
Les chiens.

La mère les regarde, Jeanne et lui. De son corps *La Neva* continue à sortir, frêle et forte, d'une terrible douceur.

Terrifiantes sont devenues les vies de Jeanne et d'Ernesto, exposées au regard de la mère.

L'enfance, dit Ernesto, il regretta, beaucoup, beaucoup.
Ernesto se met à rire et à faire des baisers en direction des brothers et sisters.

La Neva, encore.
Une pénombre grandissante envahit la casa. La nuit vient.

L'amour, dit Ernesto, il regretta.
L'amour, répète Ernesto, il regretta au-delà de sa vie, au-delà de ses forces.
L'amour d'elle.

Silence. Jeanne et Ernesto ont fermé les yeux.

Les ciels d'orage, dit Ernesto, il regretta.
La pluie d'été.
L'Enfance.

La Neva continue, basse, lente et pleurée.

Jusqu'à la fin de la vie, dit Ernesto, l'amour d'elle.

Ernesto ferme les yeux. Le chant de la mère s'amplifie.
Ernesto se tait. Il fait place à *La Neva*.

De ne pas savoir qui insulter, ni qui tuer en même temps qu'il savait qu'il aurait fallu insulter, tuer, dit Ernesto.

Et puis un jour dit Ernesto, il lui était venu le désir ardent de vivre une vie de pierre.
De mort et de pierre.

Silence.

Une fois, dit enfin Ernesto, il ne regretta pas.
Plus rien il regretta.

Ernesto se tait.
Jeanne vient près d'Ernesto, elle le prend dans ses bras, elle embrasse ses yeux, sa bouche, elle allonge son corps contre le mur et se pose ainsi contre lui.

Ça avait été pendant cette nuit-là, pendant la longue *Neva* pleurée de la mère que tomba sur Vitry la première pluie d'été. Elle tomba sur tout le centre-

146

ville, le fleuve, l'autoroute détruite, l'arbre, les sentes et les pentes des enfants, les fauteuils navrants de la fin du monde, forte et drue comme un flot de sanglots.

Au dire de certaines gens, Ernesto ne serait pas mort. Il serait devenu un jeune et brillant professeur de mathématiques et puis un savant. Il aurait d'abord été nommé en Amérique et puis ensuite un peu partout dans le monde, au hasard de l'implantation des grandes centrales scientifiques de la terre.

Il semblerait donc que du fait de ce choix d'apparence tranquille, d'une recherche disons d'ordre indifférent, la vie lui ait été finalement devenue plus tolérable.

Jeanne serait partie pour toujours elle aussi, et dans l'année qui aurait suivi la décision de son frère. On présume que ce départ devait participer de celui qu'ils s'étaient promis d'accomplir ensemble dans la mort au sortir de l'enfance. Et aussi que c'était en raison de cette promesse qu'ils s'étaient faite qu'ils n'étaient jamais revenus là en France, dans cette blanche patrie de banlieue où ils étaient nés.

Le père et la mère se seraient laissés mourir après le départ de Jeanne et d'Ernesto.

L'instituteur serait parti de Vitry-sur-Seine après que les sisters et les brothers avaient été mis dans un orphelinat du sud de la France.

De source officielle on a su qu'il avait demandé sa mutation dans le pensionnat où étaient les brothers et les sisters. Et qu'avant de quitter Vitry il avait sollicité auprès du Tribunal d'Instance de Vitry d'être leur tuteur. Le Tribunal avait statué en sa faveur.

En 1984, j'ai fait un film intitulé Les Enfants *grâce à une subvention personnelle du ministre de la Culture, Jack Lang.*

Les Enfants *a été fait en collaboration avec Jean Mascolo et Jean-Marc Turine. De même le choix des comédiens a été commun. Il s'agissait de Tatiana Moukhine, Daniel Gélin, Martine Chevallier, Axel Bogousslavsky, Pierre Arditi, André Dussolier. À la caméra, il y avait Bruno Nuytten et son équipe.*

Pendant quelques années, le film est resté pour moi la seule narration possible de l'histoire. Mais souvent je pensais à ces gens, ces personnes que j'avais abandonnées. Et un jour j'ai écrit sur eux à partir des lieux du tournage de Vitry. Pendant quelques mois ce livre s'est intitulé : Les ciels d'orage, la pluie d'été. *J'ai gardé la fin, la pluie.*

Tout en écrivant le livre, j'ai fait une quinzaine de voyages à Vitry. Presque toujours, je m'y suis perdue. Vitry est une banlieue terrifiante, introuvable, indéfinie, que je me suis mise à aimer. C'est le lieu le moins littéraire que l'on puisse imaginer, le moins défini. Je l'ai donc inventé. Mais j'ai gardé les noms des musiciens, celui des rues. Et aussi la

149

dimension tentaculaire de la ville de banlieue de plusieurs millions d'habitants dans son immensité — ce que je n'aurais pas pu faire avec le film. J'ai aussi gardé la casa des parents. La casa a brûlé. La mairie de Vitry a sérieusement parlé d'accident. J'oublie : la Seine, je l'ai gardée, elle est toujours présente, toujours là, superbe, le long des quais désormais nus. La broussaille a brûlé. Les routes qui longent la Seine sont parfaites, à trois voies. Le peuple étranger a disparu. Les sièges des entreprises sont devenus des palais. Le palais du journal Le Monde n'aurait pas tenu dans Paris, plus grand que celui de Bofill à Cergy-Pontoise. La nuit on a peur parce que les quais sont déserts. J'oublie encore ; l'arbre est là. La clôture du jardin étant maintenant en ciment armé, haute, on ne voit plus désormais l'arbre tout entier. Je sais, j'aurais dû aller à Vitry et empêcher que l'on mette la clôture en ciment. Mais on ne m'a pas prévenue, que voulez-vous faire... On ne verra plus désormais que le haut de son feuillage et de cette façon il ne sera plus regardé par personne. Il semblerait qu'on le soigne bien, on a étayé ses branches, il est devenu encore plus grand, très fort. Il ressemble à un roi d'Israël.

J'oublie encore : les noms des enfants je ne les ai pas inventés. Ni l'histoire d'amour qui court tout au long du livre.

J'oublie aussi : le port s'appelle vraiment le Port-à-l'Anglais. La Nationale 7 est la Nationale 7. L'école s'appelle vraiment l'école Blaise Pascal.

Le livre brûlé, je l'ai inventé.

M. D.

ŒUVRES DE MARGUERITE DURAS

LES IMPUDENTS (1943, *roman*, Plon — 1992 Gallimard).

LA VIE TRANQUILLE (1944, *roman*, Gallimard).

UN BARRAGE CONTRE LE PACIFIQUE (1950, *roman*, Gallimard).

LE MARIN DE GIBRALTAR (1952, *roman*, Gallimard).

LES PETITS CHEVAUX DE TARQUINIA (1953, *roman*, Gallimard).

DES JOURNÉES ENTIÈRES DANS LES ARBRES, *suivi de :* LE BOA — MADAME DODIN — LES CHANTIERS (1954, *récits*, Gallimard).

LE SQUARE (1955, *roman*, Gallimard).

MODERATO CANTABILE (1958, *roman*, Éditions de Minuit).

LES VIADUCS DE LA SEINE-ET-OISE (1959, *théâtre*, Gallimard).

DIX HEURES ET DEMIE DU SOIR EN ÉTÉ (1960, *roman*, Gallimard).

HIROSHIMA MON AMOUR (1960, *scénario et dialogues*, Gallimard).

UNE AUSSI LONGUE ABSENCE (1961, *scénario et dialogues*, en collaboration avec Gérard Jarlot, Gallimard).

L'APRÈS-MIDI DE MONSIEUR ANDESMAS (1962, *récit*, Gallimard).

LE RAVISSEMENT DE LOL V. STEIN (1964, *roman*, Gallimard).

THÉÂTRE I : LES EAUX ET FORÊTS — LE SQUARE — LA MUSICA (1965, Gallimard).

LE VICE-CONSUL (1965, *roman*, Gallimard).

LA MUSICA (1966, *film*, co-réalisé par Paul Seban, distr. Artistes Associés).

L'AMANTE ANGLAISE (1967, *roman*, Gallimard).

L'AMANTE ANGLAISE (1968, *théâtre*, Cahiers du Théâtre national populaire).

THÉÂTRE II : SUZANNA ANDLER — DES JOURNÉES ENTIÈRES DANS LES ARBRES — YES, PEUT-ÊTRE — LE SHAGA — UN HOMME EST VENU ME VOIR (1968, Gallimard).

DÉTRUIRE, DIT-ELLE (1969, Éditions de Minuit).

DÉTRUIRE, DIT-ELLE (1969, *film*, distr. Benoît-Jacob).

ABAHN, SABANA, DAVID (1970, Gallimard).

L'AMOUR (1971, Gallimard).

JAUNE LE SOLEIL (1971, *film*, distr. Films Molière).

NATHALIE GRANGER (1972, *film*, distr. Films Molière).

INDIA SONG (1973, *texte, théâtre, film*, Gallimard).

LA FEMME DU GANGE (1973, *film*, distr. Benoît-Jacob).

NATHALIE GRANGER, *suivi de* LA FEMME DU GANGE (1973, Gallimard).

LES PARLEUSES (1974, *entretiens avec Xavière Gauthier*, Éditions de Minuit).

INDIA SONG (1975, *film*, distr. Films Armorial).

BAXTER, VERA BAXTER (1976, *film*, distr. N.E.F. Diffusion).

SON NOM DE VENISE DANS CALCUTTA DÉSERT (1976, *film*, distr. Benoît-Jacob).

DES JOURNÉES ENTIÈRES DANS LES ARBRES (1976, *film*, distr. Benoît-Jacob).

LE CAMION (1977, *film*, distr. D.D. Prod.).

LE CAMION, *suivi de* ENTRETIEN AVEC MICHELLE PORTE (1977, Éditions de Minuit).

LES LIEUX DE MARGUERITE DURAS (1977, *en collaboration avec Michelle Porte*, Éditions de Minuit).

L'ÉDEN CINÉMA (1977, *théâtre*, Gallimard).

LE NAVIRE NIGHT (1978, *film*, Films du Losange).

LE NAVIRE NIGHT, *suivi de* CÉSARÉE, LES MAINS NÉGATIVES, AURÉLIA STEINER, AURÉLIA STEINER, AURÉLIA STEINER (1979, Mercure de France).

CÉSARÉE (1979, *film*, Films du Losange).

LES MAINS NÉGATIVES (1979, *film*, Films du Losange).

AURÉLIA STEINER, *dit* AURÉLIA MELBOURNE (1979, *film*, Films Paris-Audiovisuels).

AURÉLIA STEINER, *dit* AURÉLIA VANCOUVERT (1979, *film*, Films du Losange).

VERA BAXTER OU LES PLAGES DE L'ATLANTIQUE (1980, Albatros).

L'HOMME ASSIS DANS LE COULOIR (1980, *récit*, Éditions de Minuit).

L'ÉTÉ 80 (1980, Éditions de Minuit).

LES YEUX VERTS (1980, Cahiers du cinéma).

AGATHA (1981, Éditions de Minuit).

AGATHA ET LES LECTURES ILLIMITÉES (1981, *film*, prod. Berthemont).

OUTSIDE (1981, Albin Michel, rééd. P.O.L., 1984).

LA JEUNE FILLE ET L'ENFANT (1981, *cassette*, Des Femmes éd. Adaptation de L'ÉTÉ 80 par Yann Andréa, lue par Marguerite Duras).

DIALOGUE DE ROME (1982, *film*, prod. Coop. Longa Gittata, Rome).

L'HOMME ATLANTIQUE (1981, *film*, prod. Berthemont).

L'HOMME ATLANTIQUE (1982, *récit*, Éditions de Minuit).

SAVANNAH BAY (1re éd. 1982, 2e éd. augmentée, 1983, Éditions de Minuit).

LA MALADIE DE LA MORT (1982, *récit*, Éditions de Minuit).

THÉÂTRE III : LA BÊTE DANS LA JUNGLE, *d'après Henry James, adaptation de James Lord et Marguerite Duras* — LES PAPIERS D'ASPERN, *d'après Henry James, adaptation de Marguerite Duras et Robert Antelme* — LA DANSE DE MORT, *d'après August Strindberg, adaptation de Marguerite Duras* (1984, Gallimard).

L'AMANT (1984, Éditions de Minuit).

LA DOULEUR (1985, P.O.L.).

LA MUSICA DEUXIÈME (1985, Gallimard).

LA MOUETTE DE TCHÉKOV (1985, Gallimard).

LES ENFANTS, *avec Jean Mascolo et Jean-Marc Turine* (1985, *film*).

LES YEUX BLEUS, CHEVEUX NOIRS (1986, *roman*, Éditions de Minuit).

LA PUTE DE LA CÔTE NORMANDE (1986, Éditions de Minuit).

LA VIE MATÉRIELLE (1987, P.O.L.).

ÉMILY L. (1987, *roman*, Éditions de Minuit).

LA PLUIE D'ÉTÉ (1990, P.O.L.).

L'AMANT DE LA CHINE DU NORD (1991, Gallimard).

LE THÉÂTRE DE L'AMANTE ANGLAISE (1991, Gallimard).

YANN ANDRÉA STEINER (1992, P.O.L.).

ÉCRIRE (1993, Gallimard).

LE MONDE EXTÉRIEUR (1993, P.O.L.).

Adaptations

LA BÊTE DANS LA JUNGLE, *d'après une nouvelle de Henry James. Adaptation de James Lord et de Marguerite Duras* (non édité).

MIRACLE EN ALABAMA, de William Gibson. *Adaptation de Marguerite Duras et Gérard Jarlot* (1963, L'Avant-Scène).

LES PAPIERS D'ASPERN, de Michael Redgrave, *d'après une nouvelle de Henry James. Adaptation de Marguerite Duras et Robert Antelme* (1970, Éd. Paris-Théâtre).

HOME, de David Storey. *Adaptation de Marguerite Duras* (1973, Gallimard).

Composition Euronumérique.
Impression S.E.P.C. à Saint-Amand (Cher),
le 15 juin 1994.
Dépôt légal : juin 1994.
1ᵉʳ dépôt légal dans la collection : février 1994.
Numéro d'imprimeur : 1569.
ISBN 2-07-038705-4./Imprimé en France.